美しい顔

北条裕子

講談社

美しい顔

青年はジーンズをはいていた。青みの強いジーンズだった。ジーンズはそろーりそろりと動き、止まる。そしてシャッター音。また、そろーりそろり、止まってシャッター音。青年の動きが社交ダンスをしているように見えた。ダンボールでつくった私たちの家の通路をゆっくりと練るように歩いている。優雅なダンスだ。ジーンズはけっして音を立てない。ひざをわずかに曲げ、そろーりそろり、ステップ、ターン。また、そろーりそろり、ステップ、ターン。私は青年を見ていた。青年は漆黒《しっこく》の巨大なカメラを顔に貼りつけて踊る。私はその動きを永遠に見ていられると思った。

私はてるてる坊主のように首から下をすっぽりと毛布で覆《おお》ってステージにもたれかかった。周りを見ると若い人たちはほとんど出払っているようだった。どこかで炊き出しがあるのかもしれない。残っているのはお年寄りばかりだった。

ようやく青年は黒い仮面を顔から剝《は》がして、今度は辺りをきょろきょろと肉眼で見はじめた。私はその顔にぎょっとした。青年が優しい笑みを浮かべていたからだ。天使の微《び》笑《しょう》のようにそれは優しかった。この悲劇を全国のみなさんに伝えるんだという使命感に溢《あふ》れていた。それはいい顔だった。熱を帯び、生気に満ち溢れていた。肌につやがあった。この青年、震災が起きなくても今日こんないい顔してたかな。こんな優しい顔。こんな親しげな表情。大学生くらいだろうか。私は青年を見ていた。青年はまた黒い仮面を顔に貼りつけた。そろーりそろり、ステップ、ターン。黒い顔の目はゆっくりとしだいにこちらへ向いてくる。黒い顔のまん丸の目は私のからだを覗《のぞ》いていた。いや、そんなはずはないのだが、シャッターが下ろされるたびに、ぱらり、ぱらりと一枚ずつ服を脱がされていくような気になった。男が私のことだけを撮っているように思った。黒い仮面の下から口元だけが覗いていた。その唇が気持ちよさそうな笑みをたたえていた。私は頭がどうかしてしまったのかもしれない。あまりにも疲れているのだ。不眠のせいだ。わかっている。だがどうしても一つの考えに取り憑《つ》かれていった。それは、脱ぐもんなんかもうありはしない身ひとつで逃げてきた私のことだけを男が見ているということだった。身ぐるみはがされ配給された毛布一枚で身を包む私のからだを撮りながら男がマスターベーションしているように思った。パシャリパシャリとやるたびに男がいい顔になっていくように見えた。私はその考えを引き離すことができなくなっていった。きれいなシャッター音が体育館に響いていた。その音が永遠に続くように思われた。時折カメラを顔から剝がす男の顔はたいしてかっこよくもなかった。格好もダサいに分類されるほうでただ汚れてはいないから綺麗ではあるけどセンスの感じられない服装をしていた。もしも同じ高校の同級生だったりしたら私はぜったいに相手になんかしていなかった。携帯の番号だって聞かれても教えてなんかやっていなかった。そういう男だった。そんな男が、今、近くを通れば中が丸見えになる高さ八十センチしかない私のダンボールの家の十五メートル向こうを練るようにして歩いている。ゆっくりと、ゆっくりと。あれだけたくさん揃《そろ》えたメイク道具も、お気に入りだった洋服も、素敵な下着も、ぜんぶぜんぶ失って、私は今、好きな男にだって見せないこんな眉毛もない素顔のままでここにいるしかないわけだけど、どんなにパシャリから逃げたくてもここしか居場所がないわけだけど、音はやまずに私は真っ黒の重厚《じゅうこう》で立派なカメラの中に収められていく。すべてを失ったみすぼらしい私のからだは、その男の大事に掲《かか》げている黒いカメラの中に収められていく。なぜだ？　なぜお前なんかに。なぜ私はお前なんかに見せてやらなければならない。なぜお前なんかにサービスしてやらなければならない。なぜ私がお前なんかを気持ちよくさせてやらなければならない。プロカメラマンになったような気持ちよさを、なぜお前なんかにくれてやらなければならない。かわいそうを撮るなら金を払え。かわいそうが欲しいなら金を払え。被災地は撮ってもタダか。被災者は撮ってもタダか。どのように持って帰ってもタダか。この男も、マスコミも、みんなそうだ。みんな金を払え。かわいそうが欲しいなら売ってやる。売ってやるから金を払え。タダで明け渡してもらおうなんぞと考えてくれるな。私にタダで気持ちよくさせてもらおうなんて思ってくれるな。かわいそうにかわいそうにって涙流して気持ちよくなりたいなら家でやれ。自分を慰《なぐさ》めたいなら自宅でやれ。それとも家でやるにはおかずが足りないってことですか。確かに本物はテレビには映らないもんね。でもそれは、本物が映っちゃったらあなたたちが吐くからだよ。引きちぎられた手や足が、変な方向に曲がっちゃってる腕や首が、画面に流れてきちゃったらあなたたちが吐くからだよ。人間じゃないものみたいに太陽と風にさらされて干されるみたいになった収容待ちの遺体が、助かろうとしてしがみついたのか流されてきてひっかかったのか知らないけど電信柱に巻きついて死んでる人の遺体が、チャンネルまわして映ってきたらあなたたちが吐くからだよ。だから本物は映さない。だけどお前みたいな想像力の足りない男はテレビで放送されてる綺麗な映像だけじゃとても物足りなくって現地にまで来ちゃったってわけだ。電車も動いてないのにわざわざ困難な道のりを経て足を運んだわけだ。「避難所を走り回る被災地の子どもたちの元気な様子が復興への希望を感じさせてくれます！」とか「被災者どうしの助けあい運動はすでに始まっています！」とか「家族みんなで一本のロウソクを囲んで夜を過ごしました！」とか、そういうことだけじゃ心に訴えるものが少なすぎて自分を満足させられないから来ちゃったってわけだ。編集され切り取られた映像だけじゃリアリティーを感じることができないくらい想像力に乏しいからわざわざ現地に来ちゃったわけだ。童女のものらしき可愛らしい人形が泥にまみれて転がっている中継映像だけじゃその背景へまで思いを馳《は》せることができないから、そのすぐ脇に寝かされている泥にまみれた可愛らしい人形のような童女までをもしかいいと見届けなければならないと思ってこんな冠水した土地にわざわざ足を運んだわけだ。だけどお前は今こうして私に睨《にら》まれて、その重たいカメラを顔の真ん中に貼りつけて顔を覆い隠しているんじゃないか。そのぶ厚いレンズを通してしか私のことを見れやしないんじゃないか。私のことを生で見ることはできずにそうやって機械の目で盗み見ながら、ボクは今こいつであなたの辛い気持ちを汲《く》み取っていますからね、ボクは今この悲惨な現状を何とかしなきゃとても深く考え入《い》っていますからね、とそういうポーズをとってみせているんじゃないか。その黒い仮面を子どもがお祭りで買ってもらうお面みたいに嬉しそうに顔面にくっつけて、ほらボクはこいつでね、と今自分がここにいることの正当性を必死になって私に伝えようとしているんじゃないか。

ちょん、と軽く肩をたたかれて、私はあまりにも驚いたせいで首筋を痛めた。

急いで振り返ると、腰を曲げたお婆さんが立っていた。

「キャンデーあがいん」

干物屋のお婆さんだった。シミだらけの拳《こぶし》を差し出してくる。

だがすぐにお婆さんは目を丸くして飴《あめ》を握った拳をひっこめた。

「なんじょしたの」

お婆さんは折り曲がった腰をますます折り曲げて、つらそうな姿勢で私の顔を覗いていた。

「あんべ悪い？」

そう言われて私はようやく、自分がかなりひどい顔をしていることに気がついた。

「あ、いや」

あわてて口角をあげようとして、動かなかった。首を振ろうとして、動かなかった。銅像のようにただお婆さんに顔を向けていた。

お婆さんの家は半壊だったから食料が少しは残ったらしかった。何か秘密のものでもくれるみたいにしていつもこうして甘い物を握らせてくれるのだ。弟のぶんと必ず二つずつだった。

お婆さんはそれ以上私に何も聞いてはこなかった。かぎ爪になった指で飴の袋の一つを開けはじめていた。お婆さんのきめの粗《あら》くひび割れた指が、唇に当たった。突然の甘さが口中から唾液を呼んできた。ありがとう、と言ったつもりだった。けれど自分でもようやく聞き取れたくらいのその声がお婆さんの耳に届いたようには思えなかった。それでももう一度言い直すことができなかった。お婆さんは三度、亀みたいにゆっくりとうなずいて、それから目を細め、もうひとつの飴を私の手に握らせた。そしてまた腰を揺らしながら歩いていった。

お婆さんは行ってしまい、甘さだけが取り残された。

久しぶりに人と話した、と思った。

話しているときだけ、心の歪《ゆが》んでいく音が止まる気がする。だから誰かと話をしているほうがいいのだろう。けれどそれでも一人でいたかった。腕も足もヘドロの中に埋まってしまったみたいに重いのだ。たった今シャッター音が聞こえてくるまで、ほんのわずかな時間だったが眠りに落ちていた。とても浅い眠りだった。またすぐに眠りに落ちてしまいたかった。夜になってしまえば眠ることができなくなる。睡眠薬が欲しい。だがそんなものはない。ようやく入ってきた医師団に、眠れないんですと言ってみようと思ったが、飛び回っている彼らを捕まえる気にはなれない。自分よりよっぽど必要としている人が山ほどいる。家族も家も職場もみんな持っていかれた中年の男性が海に身を投げようとしていたところを（本当にそうしてしまった人もいる）、ぎりぎりのところで腕を引かれてとどまったりしている。精神がやられ、痴呆《ちほう》が進み、わけのわからない奇妙な行動をする年寄りもいる。夜になると徘徊《はいかい》したり、衣類を脱いでしまったり、体の変なところを急に痛がったりする。毎晩少しうとうとしはじめても、そういう年寄りの呻《うめ》き声や唸《うな》り声、子どもの泣く声がして眠れなくなる。その声が私の夢の中で、助けて助けてと聞こえてくる。目の前を流れていく広子ちゃんの引きつった顔がくっきりと瞼《まぶた》の裏にみえる。高台にいる私と目があったあの瞬間の広子ちゃんがそこにいて、その顔は保育園時代にさかのぼって小学生、中学生、高校生とだんだん成長していって最後に引きつりを起こして死ぬ。引きつりを起こして死ぬところまで私は夢から覚めることができない。広子ちゃんは私の夢の中で何度も死ぬ。毎晩あの子は死ぬ瞬間を見せに私のところに会いにくる。鼻の奥に砂利《じゃり》でもつかえたような息苦しさと、ごめんなさいごめんなさいという自分の寝言にハッと目が覚めてようやく飛び起きる。夢だったのだと思って胸をさすりながら毎日同じ誓いをする。私は人生でもう二度と誰かに助けてくださいとか願ったり祈ったりしません私は私の一生分の助けてくださいをあの場所に置いてきましたその言葉は広子ちゃんのものだからです広子ちゃんと目が合ったあの場所に私はそれを置いて安全な避難所へ一目散に逃げました弟を負《お》ぶって逃げました一目散に逃げましたそして今こうして衣食住を与えられた生活をしています私は誓います二度とそんなことを口に出したり思ったりしませんだから今だけ今夜だけは眠りにつかせてください——幼稚だ、と思う。そんなことを思うのは幼稚だ。けれどもこの儀式をしなければ目をつぶることが怖いのだ。

お婆さんの姿が見えなくなって、また、カメラの男が視界に入った。

男は傍《かたわ》らを歩いていた小さな子どもに笑みを向けていたところだった。男はやはり、いい顔をしていた。思いやりと親しみを容易に感じさせる顔だった。

ふと、自分は今どんな顔をしているのだろうかと思った。鏡もないからしばらく自分の顔を見ていない。どれくらい醜《みにく》い顔をしてるだろう。

男は慈悲《じひ》深い顔にカメラを貼りつけて子どもの前で腰を落とした。男の口だけが見えた。口が笑っていた。口が子どもに何か言っていた。私は男の口元から目を離すことができなくなっていた。次に男がカメラを顔から外したとき、ふいに、男と目が合った。あまりにも私が彼を見ていたので視線がぶつかってしまったというほうが正しいかもしれない。男は私に向かって口角をあげてみせた。男はペットショップで透明の小さなケースに入れられた小動物を見るときの目をして私を見た。眉を垂《た》らして私を見た。私は笑わなかった。目をそらしもしなかった。男は私からまたそっと視線をそらすと、カメラを胸の高さまで持ちあげて覗きはじめた。撮った画像をチェックしはじめたようだった。そしてなかなか顔をあげなかった。ふたたび顔をあげるのと同時に彼は立ちあがり、私に背を向けた。そしてカメラをまた顔の真ん中に構《かま》えて今度は他の場所を撮りはじめた。私はその慈悲深い背中に尋ねたくなった。

ねえ。

もしもここがパリのシャンゼリゼ通りだったとしたらどうなの。あなたは今とおんなじ顔をしてるの。もしもこの場所がニューヨークの五番街だったらどうなの。あなたはそのおんなじ顔をぶらさげて、その粘り着くような歩調でもって今ここを歩いているの。もしもこの場所が東京銀座の八丁目だったらどうなの。あなたは安い飴玉を舐《な》め回すようなそのざらついた視線をもってして私を見ているの。もしもあなたの耳に入ってくる苦痛や悲しみの叫びがこんな訛《なま》りのきいた東北弁なんかではなくてフランス語やドイツ語やスペイン語だったりしたらどうなの。ニューヨーク訛りの独特な英語だったとしたらどうなの。あなたはその憎たらしい同情寄りの微笑を含ませた唇を半開きにして被災者に何か声をかけてやろうかと企《たくら》んだりしているの。

私はね、けっしてあなたになんか明け渡してやりはしないんだ。情けをほどこしながらダンボールの縫い目を徘徊する気持ちよさをあなたになどくれてやりはしないんだ。あなたは撮った写真のすべてを東京に持ち帰り眺めればいい。満足すればいい。だけど私たちの心はそこには写っていない。あなたが撮った写真のどこにも写っていない。人々が同情や感嘆《かんたん》の声をあげてくれるかもしれないそれらの写真のどれにも私たちは写っていない。あなたには私たちの心を捉えることはできない。でもどうぞ、たくさん持って帰ればいい。だってわざわざ来たのだから。「テレビで見るのと実際にこの目で見るのとでは大違いですよ、言葉にならないんですから」と取材やボランティアで訪れた人が口を揃えて興奮気味に伝えるのを聞いてきたんでしょう。それならば瓦礫《がれき》などきれいさっぱり撤去されてしまう前に是非ともこの目にも焼きつけておかねば、だって自分は将来日本を代表するジャーナリストになるんだからって、そんな立派な思いで来たんでしょう。だったらたくさん持って帰ればいい。数が多ければ多いほど奇跡のベストショットにも出会えるでしょう。瓦礫の山に少し夕日が当たって美しく輝いてそこに一輪の花でも咲いててくれれば万々歳《ばんばんざい》だ。そういうおめでたい写真も撮れるでしょう。瓦礫の中でも力強く咲き誇っていた一輪の花に今日見たダンボール生活の少女の凛としてたくましい表情が重なったうんぬん。お涙ちょうだいの解説だってつけられる。でもひとつ言っておきたいのは、この災害をどっからどう撮ったって、誰が撮ったって、ある程度、涙ものの写真が撮れるっていうこと。そんな高価なカメラじゃなくても、七百円の使い捨てカメラでも、ある程度、心を打つような写真が撮れるっていうこと。それは幽霊やUFOなんかを撮るのとおんなじで、たとえ小一の私の弟が撮ったってそこに写っているのが幽霊であれば周りはひゃっと驚くし、写っているのがUFOであればみんなが注目するんだよ。誰が撮ったって瓦礫の山は瓦礫の山なんだから。そこに芸術も創造もクソもない。そんなところに。だけどあなたはこの非常時をシャッターチャンスとばかりにパシャパシャやって持ち帰った写真のベストショットを自分のウェブサイトのトップページにでもするんでしょう。まるで自身の渾身《こんしん》の作品っていうように。もしくは編集でもしてＹｏｕＴｕｂｅなんかにのせるんでしょう。あるいはＳＮＳで無料でばらまくんでしょう。自分の優れた行動力、立派な思考、それらをぞんぶんに披露しながらもあえてそれを卑下《ひげ》するようなコメントを添えて。あなたは人に認められていると感じることができるでしょう。人から尊敬されていると感じることができるでしょう。自分には価値があるのだと感じることができるでしょう。ねえ、あなた。震災が起きてよかったじゃん。震災のおかげであなたは今これだけ尊く珍しい経験ができてるわけだけどめったにできない経験ができてラッキーじゃん。あなたみたいな創造性に乏しい人間には何らかの一大事が向こうからやってきてくれれば御《おん》の字でしょう。災害時じゃなかったらあなたは人の家の玄関を勝手にあけて土足で入り込んでくることだってできなかったろうし、その重厚なカメラレンズを無言でそこに住む人間の顔に向けることだってできなかったろうし、持って帰ったデータによって最先端のジャーナリストになったような気分だって味わえなかったでしょう。一回でも多く「いいね！」してもらって自尊心を満足させることだってできなかったでしょう。お父さんとお母さんに褒めてもらうだけでは満たされない根深い劣等感をまぎらわすことだってできなかったでしょう。地面がぐにゃぐにゃと揺れて高さ十三メートルの津波が来てよかったじゃん。

ふっ、と男が視界から消えた瞬間、あ――と、耳の奥に何かが崩れ落ちていく音が聞こえた。男が体育館の出入口から出ていったところだった。

私は自分を、汚らしい、と思った。

自分をこれほどまでに汚らしく思ったことは、いまだかつてなかった。脳みそが好き勝手に邪悪《じゃあく》な言葉をやすやすと並べ立てていくのをどうすることもできなかった。溢れ出して止まらない卑《いや》しい言葉の洪水に溺れそうだった。頭が不潔なものでぱんぱんになって裂けそうに痛い。息が苦しい。お婆さんがくれた弟のぶんの飴玉を手の中で握りしめた。絆、希望、助けあい。美しい言葉たちが輸入されてきた。絆、仲間、頑張ろう。清潔な言葉たちが支援物資とともに全国各地から入ってきた。海水が、やさしさを日本全国から運んできてこの田舎町を満たした。波が去ったら周りがまるきり善の海になっていた。波が過ぎ去って私が辺りを見回したとき、そこに残っていたのは剝《む》き出しの建物の基礎と、私の浅ましさだけであった。私の醜さ、汚らしさだけであった。それらが浮き彫りになって取り残されていただけであった。尊いものは、みんな波が連れていった。

私は、はっきりと取り残されてしまった。そう思う。あの高さ十三メートルの津波に取り残されてしまった。波はもう過ぎてしまった。私は連れていってはもらえなかった。波はどんなに重く巨大なものでもいとも簡単にハケでも引くみたいにしてさーっと連れていったのに、生徒会長で人気者の広子ちゃんだって一瞬で連れていったのに、私のようにふわふわと生きていたような馬鹿で未熟で幼稚な人を、さもあたりまえというようにここへ置いていった。こんなにも簡単に憎悪《ぞうお》の言葉を並べ立てることのできてしまう私は生き残り、ストーブの焚《た》かれた体育館に住んで、温かいスープと炊きたてのおにぎりを与えられる。波は、尊い者をみんな水の中へ連れていき、生き残った者を絆や思いやりや希望の境地に連れていった。善で満ちた海の中、私はひとり、こんな醜い言葉を叫んでいる。こんな汚い言葉を腹の中に宿している。毒ガエルを呑《の》み込んだヘビのように、ぱんぱんの腹を抱えて身動きひとつできないでいる。私はあの波に乗れなかった。かといって、やさしい海に降り立つこともできないで、どこへも行けずにまだ漂流している。

「お母さん？　この避難所にはいないはずだよ。キョウカさんがもしいれば気づかないはずはないけれど」

毎日毎日たくさん歩いて母を探した。

「お母さんもうどこかの病院か避難所で働いてるの？　おばちゃんまだ会ってないんだけど」

毎日毎日いくつもの避難所を行ったり来たりした。

どこに行っても同じだった。看護師をやりながら日頃から町内会や福祉関係のボランティアに走り回り、いつも他人のために尽くしてきた母のことを、みな、いればすぐ気づくはずだと言った。いればすぐ気づくはずの母を、いてもいなくても気づかれない娘の私はしばらく探していたけれども、いくらたっても母は見つからず、私はこのダンボールを一歩も出られなくなってしまった。私よりも年の若い子たちが炊き出しなどの手伝いを買って出ているというのに、小学生の子ども達がトイレ用の水をプールからバケツリレーで運んでいるというのに、腹に毒ガエルを抱え込んだ私はこのダンボールの家を出ることができない。ボランティアの人が私の目の前を行き来してせっせと働いているのを見るたびに心の中でどうもすみません感謝しますと思いながらしかし彼らのワッペンに「がんばろう　日本」と印刷されているのを見つければ自分の顔が鬼畜《きちく》のように歪んでいくのがわかった。私はおそらく、がんばろう希望をもとうと言われることが嫌なのではない。その言葉自体が憎いのではない。そんな美しいものにまでついには唾を吐かなくてはならなくなってしまったこの自分が憎いのだ。そんな清いものにまでついには目を尖《とが》らせうるさいと蹴散《けち》らさずにはいられなくなってしまったこの自分が忌《い》まわしいのだ。私はまっとうな道徳教育を受けてきたつもりでいた。たくさんの良い教師に巡り会い、教え導かれてきたはずだった。それを自信にさえ思っていた。ありがたいもの、感謝すべきこと、尊いもの、それらを知っていたはずだった。人々の善意のなんたるかを理解できるはずだった。しかし生き残るということは鬼畜のように歪んだ自分の顔をこの目で見てしまうということであった。私はいま、恥ずかしいのだ。生き残ったということが恥ずかしくて恥ずかしくてしかたがないのだ。非常時だからこその助けあい、支え合う気持ち、やさしい気持ち。わかってる。わかってんだよ。わかってるから恐ろしい。自分の浅ましさが恐ろしい。やはり自分のような人間が死ぬべきだったのだと思う。やはり自分こそ選ばれるはずの人間だったのだと思う。

私はとにかく知ってしまっているから恐ろしいのだ。どれほど自分たちが心配されているか。どれほど助けたいと思われているか。どれほど日本各地の人々に何かしてやりたいと思われているか。知ってしまっているから恐ろしいのだ。知れば知るほどやさしい海が満ちてくる。海が口や鼻のあたりまで押し寄せて「なぜお前みたいな人間が生き残ったんだッ」と私の息の根を止めようとしてくる。私は360度の海の上で逃げる場所を失って、けれども家も学校も流されてやることもないわけだから日ごとただこのダンボールから眺めているわけである。たくさんの支援物資が届く様子を眺めているわけである。ボランティアたちのいきいきと働く様子を眺めているわけである。道の寸断されたこんな孤立地帯を目指してやって来てくれるのを眺めているわけである。冠水がひどい中をたくさんの荷物を背負ってやって来てくれるのを眺めているわけである。ボランティア医師団が定期的にやって来ては夜も泊まりながら診察してくれるのを眺めているわけである。医師団がみずからテントと食料を持参して診察にあたることでただでさえ個人のプライバシーの少ない避難所で被災者をストレスから守ろうとしているのを私は知ってしまっているのである。私は暇をもてあまして常に眺めているので知ってしまっているのである。誰も悪意があって写真を撮りにくるわけではないことを知ってしまっているのである。私ら被災者を見世物にしてやろうなどつゆほども思ってないだろうことも、私のことなんか撮影してるわけではないことも、本当は知ってしまっているのである。彼らのようなカメラマンのおかげで被災状況や救援要請の情報が各地に届くという事実を知ってしまっているのである。地方新聞や地元ラジオ局の活躍のおかげで待ち望んだ情報が手に入るのを知ってしまっているのである。ローカルテレビ局がたえまなく安否情報を流しているおかげで家族と再会できる人たちがいることを知ってしまっているのである。

やさしい海に浮かんでもう一歩も降り立つことのできなくなった私は他にすることもないのでそれらを日ごと眺めているわけである。だが眺めれば眺めるほど息が苦しくなって私はこの町がいよいよ怖くなった。怖くなってこのなじみの町にもう一歩も足をつけることができなくなった。自分が生まれ育ったこの町に足を下ろすことができなくなってしまった。私は今でも海の上にいる。あれからずっとトタン屋根の上にのって漂流し続けている。いつ潮が引くのだろう。私は全国から押し寄せてきた海水に浸食されながらここで助けを待っている。誰が私を救い出してくれるのだろう。誰が救助してくれるのだろう。私はいつまた私に戻れるのだろう。震災が起こる前の私はこのような人間ではなかった。私はかつての自分が恋しかった。いつもにこにこ涼しげに笑っていればそれで周りも喜んでくれる。そしてそれをわかってるからいつもおかしそうに微笑を浮かべている。少しばかり世間知らずのように無邪気に他愛もないお喋りをしていればどんな場合でも事をうまく運ばせることになる。ある程度のことはうまくいく。ある程度の善意をもってもらえる。ある程度の話は解決される。自分が何を喋ればいいか、どんな表情をしてどんなふうに振る舞っていれば周りの人が一番喜んでくれるのか、私はうっすらとわかっていたように思う。それでだいたいのことがうまくいっていたのだ。

しかし今、この自分を知らない他人のように思う。はじめて出会う女の子のように思う。私はこの女の子がかなり苦手だった。この人は強烈だった。ねじけて性格の悪いこの女の子と私はうまくやっていけそうにないのであった。こんな女の子になど誰も関わりたくないだろうと思った。目に映るものすべてが憎いと両目をカッと見開いて目の前を通るありとあらゆるものを睨みつける女の子になど誰も目もくれないだろうと思った。もしかしたら私は誰にも気がつかれないまま一生こうして大海原を漂流し続けるのではないだろうか。こんな人間、被災地にいてはいけないのだから。こんな醜い人間が生き残るべきではなかったのだから。なぜこんな汚い心をもった人間が生き残って、清い心の人間が山ほど死んでいったのだ。もしも死なずに生きていたらこの災害時にも、それから今後の復興でも、うんと活躍したであろう優しい人たちが、なぜぽろぽろと死んでいかなければならなかったのだ。なぜ赤ん坊だった私をあやし、いくども預かってくれた近所のおばさんが片腕片足ぴんと天に向かって伸ばしたまますぐそこで干からびていなければならないんだ。なぜ私を憧れだったS高に推薦してくれた恩師のまさる先生が口いっぱいにヘドロを詰め込んでプロレスの技でもかけられたみたいにして目を開けたままひっくり返っていなければならないんだ。なぜお隣の一家がオープンカーみたいになった軽自動車に四人きちんと座ったまま知らない住宅の二階で見つからなければならないんだ。そしてなぜ！　私のお母さんが、いまだに市民センターにもK中学にもM小学校にもこのS体育館にもどこの教室にもいないんだ！　私はもう何もかもよくわからなくなってぷかぷかと水に浮かびすぎてふやけた皮膚みたいな気持ちになって先ほどのカメラマンのはいていた青みの強いジーンズを恋しく思い出していた。

＊

それは濁った空をした日だった。
朝から時おり雪がはらはらと舞ってきていた。
海が最初に視界に入ったのは、薬屋へ行く道を引き返した時だった。

海を見るということなどすることはなかった。海を見るということは空気を見ることと同じで、それをわざわざ見るということは、よっぽどそこに何か異物が漂っているか、あるいは、よっぽどひどい出来だった定期テストの結果を案じているかのどちらかである。

私はその時、ひさしぶりに海を見たように思った。

海を見たのは、海の中から入道雲のようなものが白く沸《わ》き立っているように見えたからだ。

とても静かだった。

そのうちに誰かが、そのしだいに乱暴に盛りあがって形を変えていく入道雲のようなものを、波だ、と言った。

私は波がなんだろう、と思った。

小学校の通学路を走っていった。七歳の弟が下校している時間だった。

ヒロノリはひとりだった。彼は曲がりくねった坂の小道にいて、落ちている空き缶を足裏で潰していた。背中を丸めた格好で私を見つけると、むくっとひざを伸ばし「ねえちゃん」と嬉しそうに駆け寄ってきた。まだ大きすぎるランドセルが肩からはみ出してカタカタと心地良い音を鳴らせていた。空き缶がヒロノリのあとを追いかけて転がってきて軽やかな音を立てた。

「すごい揺れだったね。だいじょうぶだったの」

ヒロノリは息を切らせながら私を見あげ、うなずいた。

高台から人が、早くあがってこい、もうすぐそこに来てる、と叫ぶのが聞こえた。同じ集落の住民が駆け足でぞろぞろ後ろからやってきた。津波がくるぞ津波がくるぞと大人が言う。ヒロノリの手を引きながら不思議な気持ちになった。私たちの暮らしに津波はほとんど縁がなかった。津波がくるぞと大人が言う時、それはたいていお決まりの警告でしかなかったのだ。だからその白くうごめく入道雲のようなものが、真っ黒い巨大な木材の塊になってこちらに向かって迫《せま》ってくるのを確認してからようやく私の足は震えだしたし、ただ呆《ほう》けたようにそっちの方を見ている弟をかっさらうように背中に負ぶって全速力で走りだしたのもややあってからだった。波がくると思っていたのに向かってきたのは水ではなくて壁だった。破壊され寄せ集まった家屋などが、巨大な木材の化け物になって荒い息を吐きながら私たちに覆いかぶさろうとしていた。

どのようにして高台に辿り着いたのかは覚えていない。気がつくと高台から見ていた。町が黒い化け物にのまれていくのをフェンス越しに見ていた。私たちはただそれを見ていた。そこにいる人々はあまりにもシンプルで普通の言葉を発していた。あーあー。どうしよう。すごい。いやぁ。うわあ、うわあ。人々の口から出る言葉はあまりにもつたなく、ちっとも目の前の光景を伝えていなかった。私たちははっきりと老人が螺旋《らせん》を描いて回りはじめた水面に足をすくわれて消えていくのを見ていたし、人を閉じ込めたまま車が波の上を大量の漂流物といっしょにクルクル踊ってしだいに巻き込まれていくのを見ているというのに本当に単純な言葉しか発していなかったのだ。くるよくるよ、あーきたよ、きちゃったよ、あれも動くよ、ほら動いた、あーあれも動いちゃった、もうどうしょーもない、だめだ、だめだめ全部だめ。渋滞していた車は列の形を保ったままそっくり浮きあがりゆっくりと円を描きながら列を崩して散っていく。頑丈そうな建物も古い家屋もみんな平等に土台からめくりあげられて互いに潰しあいながら形を失っていく。私は、かわいそうとか気の毒にとか、そういうことは思わなかった。なにも思わなかった。言葉は浮かんだ先にさっと流されて消えていった。意味を失っていった。高台には光景に気絶してその場に倒れる人もいた。失禁する人もいた。足がすくんで一歩も動けなくなる人もいた。デジカメや携帯で動画を撮っている人もいた。私は弟を背中に負ぶったままフェンスに張りついていた。右手は弟の尻にやり、左手は指をフェンスの金網にしがみつかせていた。そうしなければ目に見えぬ巨大で圧倒的な何かにさらわれてしまいそうな気がしていた。余震も来ていた。そのあまりの頻度に、実際には揺れていない時でも常に揺れているような感覚でいた。体の中心がどこにあるのかわからなかった。完全に平衡感覚《へいこう》を失っていた。背中の弟の重さだけが唯一、私に重力を伝えていた。もしかすると波はこの高台までやって来てしまうかもしれない。ありとあらゆるものを傷つける能力を発揮しながら、どす黒い塊は迫り来ていた。だがまだ下界ではなぜか波の方角へ逃げていく人がある。まだ車を走らせようとハンドルを握っている人影がある。なぜあの後ろの迫り来るものが見えない。今すぐ車を捨てて逃げて、そっちじゃない、そっちじゃない、そっちじゃない。私はそれを声に出して言ったのか、ただそう祈っていただけだったのかは覚えていない。人間の声、人の体が発する音などというものが意味をもつ世界ではなかった。大地が、剝《は》げ、めくれ、腹の底を突き破るような唸り声をあげて躍《おど》り来るのを、自分もその中にのみ込まれぬよう、しがみついて祈るだけだ。祈りがあるだけだ。怒り狂った何かが人間の生気を奪いながら迫り来るのを、ただ私たちだけはどうか見逃してくれと祈るだけだ。なぜまだ多くの人が下界にいるのかわからなかった。人間の行動のすべてがわからなかった。なぜ人はそれほどまでにもたもたすることができるのかわからなかった。なぜまだ逃げる方向がわからないでいるのかわからなかった。なぜ自分がこの高いところからそれらを見ていられるのかわからなかった。逃げる方角を間違っている人を、渋滞にはまっている車を、切り株のように立ちすくむ年寄りを、見ていいるという地獄を高台の私たちは共有していた。下界の人々は誰もがみなフィギュアみたいだった。当人たちは必死に俊敏に動いているつもりなのだろうが遅い遅い遅い遅い。「何してんだよッ！　早くあがれ」男たちが怒鳴る。「あがってーェ、お願いぃ」女たちが叫ぶ。「あーあーッあーあーッ」老婆が言葉にならない声でわめく。女子が笛のようなピーッという甲高い声で泣く。うるさい！　だまれ！　もうこの高台のすぐ下まで来ているというのに坂道をあがってこない人がある。「ばかやろう！　こっちだ！　こっちへ来い！」人々の声は下の人には聞こえない。「あがって！　こっちよ！　こっちぃ！」「死にたいのか！　あがれって言ってんだよおッ！」高台にいる人々は口々に叫ぶ。ごごごごと地響きを立てて波は来る。「ちくしょう！」フェンスを殴りつける男。私の近くで、ああ、と腰が抜けてしまったようにしゃがみ込んだ年配の女性。その女性に手を貸そうとした瞬間だった。私の目が、ある下界の少女が、幼なじみの広子ちゃんであることを認めた。

――広子ちゃん……？

十七年間生きていてこれ以上出したことのないほどの大きな声で叫んだ。「広子ちゃん！　広子ちゃーん！　広子ぉ！」この声がもしも届くならもう二度と声が出なくなってもいいからと私は祈った。その時、広子ちゃんが足を止め、そしてこっちを見あげた、ような気がした。彼女の目に、上にいる私たち人間の塊がようやく映ったらしかった。私には広子ちゃんが私だけを見ているように思えた。まるで世界中でたったひとり私だけが広子ちゃんと交信できる人間であるかのように思えた。まだ間に合う。だってまだ間に合うじゃん。今、たった今こっちに向かって走りだせば間に合うじゃん。

あの時――。ほんとうはもうとっくに、駄目だと思っていたくせに。彼女の姿を見た瞬間に、ああ彼女はもう駄目なんだと思ってしまっていたくせに。

そのくせ、私は硬直して絡《から》みついた指を金網からぎしっとはずして弟をおろそうとした。

「いくな」

男の声だった。それまで自分たちの隣で静かにフェンスの前に佇《たたず》んでいた中年の男性だった。黒いキャップをかぶって黙ってじっと向こうを見ていた男性だった。彼は怒ったような低い声で、だがとても小さくもう一回、いくな、と言った。のどを潰したような聞きにくい声だった。

私はその男性を睨むように上目遣いで見た。とても長い時間に思えた。とても長い時間をかけて男を睨みつけていた。男性は目の前の光景だけを見ていた。震える五本の指が金網に強く食い込みすぎて血が止まったのか痺《しび》れが走った。金網がぎしぎしと軋《きし》んだ。自分はさきほど本当にこの金網から指を離そうとしたのだろうか。わからない。そんなことはもうどちらでもいいことだ。男の顔から視線を引き剝がした時には広子ちゃんの姿はどこにもなかった。泳いでる広子ちゃんも浮いている広子ちゃんもいなかった。広子ちゃんがいたはずの場所には横倒しになった家屋と大型トラックと電柱が躍っていた。

水面がようやく凪《な》いだのはそれからどれくらい時間が経ったあとだったか全く覚えていない。私たちは山の斜面に移動していた。第二波が来るぞ、ここも駄目だ、もっと上へあがれと言われて私たちはここまで這《は》うようにしてあがってきたのであった。さっきまで「逃げろ」とか「高台にあがれ」とか「あーあー」とか叫んでいた人たちはもう静かになって誰も大きな声をあげる者はいなくなっていた。そのとき私には自分が生きているのかはっきりと断定できないような、体と脳みそが宙に浮かんでしまったようなそんな感覚がしばらく続いていた。引き潮が私のエネルギーのすべてを持っていってしまったかのように思われた。

私たちは指定避難場所であるS体育館に移動するのを待っていた。

辺りがとても静かになっていよいよ移動するということになった時、ひどい冠水のためにやはりS体育館には行けなくなったと人が言う。

S体育館に行けば母と落ち合えるはずだったが、しかたがなかった。

とりあえず近くの公民館に入ることになった。そこへ全員が辿り着くまで三時間かかった。

公民館の玄関で靴を脱ごうとしたら、ヒロノリがぎゅっと私の制服のスカートの裾《すそ》を引いた。強い目で私をじっと見あげてぼそりと言った。

「母ちゃん、いないの」

ずっと聞きたくて我慢していたのだろう。

「ああ母ちゃん?」私はたった今母のことが思い出されたというように明るい口調で言った。「うーん。母ちゃんどこにいんのかなあ。まあ、母ちゃんはもっと安全な場所に避難してるはずだからさ」

私は取るに足らないことのように続けた。

「今日は会えないかもしれないけど明日また探そう。我慢できるでしょ?」

ヒロノリは泥に覆われた自分の靴に目をやった。

「きょうは、さがしにいかないの」

弟は泣くのを我慢しているとき、つっけんどんな物言いをする。

「今日? うーん、今日はだってほら、もう真っ暗だからさ。明日になったらきっとS体育館に行けるよ。母ちゃんきっと、先にS体育館に行ってるよ」

靴を脱いで、と促したがヒロノリは靴の裏でもう一方の靴についている泥をいじった。

ヒロノリのお気に入りの青いスニーカーは完全に泥に覆われていた。

「だいじょうぶだよ。母ちゃん、ちゃんと避難してるんだから。あんたとねえちゃんが安全な場所にちゃんと避難していなかったら、母ちゃんびっくりするよ。今日はねえちゃんが一緒なんだから、いいでしょう」

私は言って背を向け、さっとローファーと靴下を脱いで先に上《あ》がり框《かまち》にあがった。腰を折って用意されたタオルで足の泥をぬぐった。タオルはすでに泥水を吸い込んでずっしりと重く、白い部分は残されていなかった。

ヒロノリはなおも口を一文字にむすんで踏ん張って立っている。

後ろから来た三十歳くらいの男女がタオルの順番を待っている。

「ああ、すみません。先にどうぞ」ヒロノリの腕を引く。場所を譲られた男女はともに疲労を貼りつけた顔で無言で靴を脱いだ。女の方はヒロノリの後頭部を一瞥《いちべつ》してから上がり框にあがった。

「ねっ。今日はねえちゃんと一緒に寝よう」

しゃがんで弟の腕を取ると弟は言葉にならない猫がうなったみたいな声をだした。上がり框に立たせ、足にへばりついている靴下を剝がす。足の指は白くふやけ、爪が十枚ともあまさず青紫に変色していた。タオルで指の間に詰まった土を落とし、手で軽く摩擦してやる。「よっしゃ」私は勢いをつけて泥を含んでぐっしょりした靴を持ちあげた。「今晩はあの話のつづきしてあげるわ。月で餅つくうさぎの話。あの臼の中でつかれているのは実は、実は……」抑揚をつけて喋りながら靴を下駄箱へ入れる。

弟は笑ったのか泣いたのか、ぐすっという声をひとつあげて、小さな顎《あご》を私のスカートに押すようにうずめてきた。これはしぶしぶオーケーの時のイエスである。

公民館では二十人くらいが固まってカーテンで寝た。眠れた人などいなかったと思う。

結局、公民館には二晩泊まった。S体育館に入れるようになったのは三日目の昼だった。

　Ｓ体育館へ行けばいよいよ母と落ち合えると思っていたが、たくさんの避難者でごったがえす中、母の姿はなかった。

　それから毎日、日が暮れるまで母を探して歩いた。辺りは冠水していて探せる範囲はとても限られていた。なかなか水が引かずヘドロが長靴にからみついた。絶え間ない異臭が広がっていた。ヒロノリのスニーカーが濃い泥の中に持っていかれてしまったので負ぶうほかなかった。歩いていて遺体があるたびにヒロノリに別の方角を向かせるほかなかった。「ほら！　あっちみてごらん」元気よく指をさすのがもう習慣のようになっていた。「あの建物、どっから流れてきたんだろう。あんなお店この辺にはなかったよねえ。何屋さんかなー？　あの看板なんて書いてあったんだろう？」「ほらヒロ、あそこみてごらん。あんな大きなお船の底、ヒロは見たことがあったー？　大正丸って書いてあるねえ。お船の持ち主の漁師さん、きっと探してるだろうねえ」

　Ｓ体育館で広子ちゃんの両親がいつまでも見当たらないことに安堵していた。広子ちゃんの両親とはできれば避難所で一緒になりたくないと思っていた。広子ちゃんの両親に会ったら何を言おうか。どう説明しようか。思いつきもしなかった。保育園時代から私たちを姉妹のようだと言っていた彼女の両親に会ったら何を言おう。広子ちゃんの最期を確かに見ましたでもあの子が苦しんで死んだとは思えません、そう嘘をつこうか。さんざん考えあぐねていたけれど、数日後に、広子ちゃんの母親も父親も死んだと聞いた。妹もおじいさんも死んだと聞いた。一家全滅したという。

ヒロノリはS体育館に入ってから、母のことを言わなくなっていた。

彼はこの避難所に来てから最初の三日間、ずっと躁《そう》状態にあった。最初の二日はぜんぜん眠らなかった。ここに来てからゼンマイを巻かれてずっと喋ってるみたいだった。私は弟の高ぶりが怖かった。自分でも止められないというようにはしゃぐ弟をもてあました。彼は本来かなりおとなしい子なのだ。ひどく人見知りをする子なのだ。それが気が触れたかのように友達を片っ端から作っていく。片っ端からみんな友達、みんな仲良し。すごく饒舌《じょうぜつ》になっていて喋り続ける、走り続ける、飛びはね続ける。鬼ごっこ、かくれんぼ、ケードロ、エンドレス。夜もはしゃいでいる。だけど私はそれを止めることができなかった。止めることができないし、止めたいとも思わなかった。申し訳ないけれどできるものならば当分おかしくなっていてほしいとさえ思っていた。だが弟だけではない。ここにいる子どもたちにも同じように思っていた。どいつもこいつもみんなしばらくおかしくなっていればいいと思っていた。

だけど、と私は予想する。どうせそのうち本物の夜がやってくる。私は毎晩それが怖かった。やがて本物がどっと一気にやってくる。どどどどと音を立てていっきに襲いかかってくるだろう。そのうちライフラインは復旧する。水もガスも電気も普通に使えるようになる。道も橋も港も直される。学校も再開されることだろう。そしたらゼンマイは止まる。それはもうじきだ。私にはわかる。本物の夜がやってくる気配がしている。それが忍び寄る足音が聞こえる。それは恐ろしい音である。

父を失った時、それはやってきた。

私は十一歳だった。お祭り騒ぎの通夜、葬式。たくさんの見知らぬ大人たちがかかわるがわる小学六年生の私に親しげに声をかけてきては構《かま》った。いつもと違う家の中。いつもと違う服。いつもと違う先生の態度。いつもと違う食べもの。いつもと違う母の様子。何かが変わっていくのだという気配。しじゅう緊張していた。嫌だとか苦しいとか思う隙《すき》はなかった。興奮というものは、それが悲しみによるものなのか、ドキドキ心臓が鳴る楽しさによるものなのかわからなくさせる。わからないままただ興奮してしまうのを自分でコントロールすることができない子どもであった。わけもわからないままにその非常時を過ごしていた。母は一歳だった弟を保育所に預けはじめ、すぐに職場に復帰し、帰宅が遅くなって私たちの生活は変わった。毎日があわただしかった。しかし私はその生活に慣れた。その生活が日常となった。その瞬間だった。芝居が終わるみたいに突然さーっと黒い幕が降りてきた。あれ、と私は思った。あれ、と思った瞬間の、すべてはフィクションではないのだとわかった瞬間の、あの恐ろしさを私は今思い出す。父さんがいないのだというこことに本当の意味で気がついたときのあの恐ろしさを今思い出す。

私はこのS体育館で、本物の夜の忍び寄ってくる足音から耳をふさいでしまいたかった。

配給された毛布の中でヒロノリが上体をくねらせ、しきりに腕を背中にまわすので私はまさかと思って「体、痒《かゆ》いの」と聞くと、ぼそぼそ小声で「かゆい」と言う。

弟はアトピーをもっていた。乾燥するとすぐに痒がる。顔でも背中でもあちこちひっ掻《か》く。一度掻きだすと痒みはさらに広がっていくらしかった。母は乾燥する時期になるとまめに保湿してやっていた。

「どこ、なんで早く言わないの」

服をめくると背中だけでなく胸のほうまでひどく赤くなっている。爪でひっ掻いた跡が無数にあった。

「なんで言わないの！」

言うより先に私は自分のひざをぱしんと叩いた。寝不足や疲れやストレスが溜まってくると痒みがひどくなるのを私は知っていた。そのうえ瓦礫のせいで外は不衛生に土埃《つちぼこり》が舞い、風呂にも入れない。着替えもない。掻く回数が増えて当然だった。専用の薬でなくてもいいから何か保湿できるクリームがほしいと思った。ハンドクリームでも何でもよかった。

「痒くても掻くの少し我慢してよ。すぐに薬、手にいれてあげるから」

我慢できるような痒みでないのだろうがそう言うと、ヒロノリはこくりとうなずいた。

あらゆる物資が足りていなかった。

私たちの避難生活には一切のゆとりがなかった。

私は十七年間生きてきて初めておなかが空くということを知った。その言葉の概念を知った。おなかが空くというのは精一杯遊んできた夕方に足をふらつかせて家へ帰るときの感じではなかったのだ。疲れたプールのあと、胃の中に空気が入ってふわっと体が浮いてしまうような、ちょっと吐き気さえ感じるような、あの感じでもなかったのだ。五日間、私たちは完全に孤立した。飲み物はペットボトルのふたに、ひとり一口。食事は一日にクッキー一枚であった。クッキーは近所の人が厚意でわけてくれたものだった。みなありがたそうにゆっくり嚙みしめて食べた。しかしどうゆっくり食べてみてもどうしっかり嚙みしめて食べてみてもそれはやはりクッキー一枚分なのであった。

一切の情報もなかった。他の地域のことも噂としてしか入ってこない。ラジオもこの地域のことは何も言わない。子どもがいつもどこかでひもじさに泣きじゃくっている。便器には便が溜まっていく。バケツに用を足してもそれを流す水がない。地面にSOSと書いたが反応はない。いいかげん自分の家があるのかないのか見に行かずにもいられないと言って無理やり出ていく人がある。だけど遠くまで行けば戻ってこられるかわからない。家も残っているかはわからない。それでも自宅へ向かう人がいる。行った人の安否はわからない。誰かがこれは地獄だという。なぜ誰も助けに来てくれない。なぜヘリはこの地へ降りてこない。この地域の被害を外の人は誰も気づいていないのか。それとも日本列島は私たちのところを残してみんな海に沈んでしまったのか。空腹のあまりそんなことばかり考える。今日にでも救助が来なければもう限界だ。水も、毛布も、薬も、食べ物も、今日にでも運んでもらえなければもうおしまいだ。今日にでもこの低体温症で死にそうな老婆と、この人工透析をしている男性をヘリで病院へ運んでいってもらえなければおしまいだ。私たちは限界だった。

そんなときだった。

この体育館に、東京のテレビ局の人間が姿を見せたのだった。

それが、すべてのはじまりだった。

外部の人がはじめて入ってきた、これでようやく情報がもらえる。そう思って私たちは飛びついた。するとマイクをあてがわれたのは私たちのほうだった。

しかし、私たちには、悔しいとか屈辱的だとか、そんな贅沢《ぜいたく》な気持ちを抱いている暇などなかったのだ。いつだって被災者こそがまず真っ先に状況を知らされるべきだなどということを偉そうに言っている暇はこれっぽっちもなかったのだ。命がどうなるかということを前にして人間としての尊厳などそんなものにこだわる暇はこれっぽっちもなかったのだ。その後、私たちはただひたすら頭を低くして「あれだけ困っていたのにおかげさまで物資が運ばれてくることになってありがたいです。本当に感謝しています。感謝しようがないです。全国のみなさんに我々の声を届けてくれてありがとうございます」と言う日々が始まったのである。「ボランティアの方たちの炊き出しには本当に助かっています」「ようやく新聞を手に入れることができてよかったです」ありがとうありがとうありがとうと、そう言うほかない日々が始まったのである。いや、実際本当に感謝していたには違いない。みな喜んでいたのだ。感謝していたのだ。私も確かに本気で感謝していた。本気でマスメディアというものの影響力のすごさに驚いたり純粋に感謝をして過ごしていたのである。

だけど、何かが私を馬鹿にさせていった。すぐ後になって隣の集落にはまだ一切何も届かないでいると知ったときも、私が口にし続けていたのは、そこで感じるべきであっただろう後ろめたさや申し訳なさなどではなく、マスメディアの力ってすごいですよねー、めちゃくちゃ反響よびますよねー、という幼い感想であったくらいだから。たぶんもっと本当のことを口にするべきだった。それはたとえばこういうこと。

「本当の情報を流してほしいんです。全国からたくさんの支援物資が送られてきても流れ着くのは有名で大きな団体だけなんです。まだぜんぜん何も届いてないところもあるんです。本当に困っている人のことを見てください」

だけどそんなことは言わなかった。そんなことを言ってここに届く食パンの数が一つ減ったら嫌だった。正義とか平等とか、そういうことは後で腹が膨《ふく》れたらやればよくて、今はただ、この避難所にいる人たちが、というかはっきり言ってしまえばこの背中に負ぶって逃げてきた弟が、力が抜けて宙を眺めていることのないように、なんでもいい、うまいものでなくていいから腹を満たすものを毎日しっかり口にできるということが大事なのであった。今どこかの避難所に避難しているであろう母に再会したときに、私は姉としてしっかりやっていたんだ、弟にひもじい思いなどさせてはいなかったんだと胸を張って言える、そういうことが重要なのであった。母は私をおおいに褒めるだろう。さすがサナエね、母さん、あなたを信じていましたよ。そう言って私を強く抱きしめるだろう。あなたを信じていたから母さんは向こうの避難所で地域の人のために活動することができていたんですよ。母はそう言っていつもの優しい笑顔を向けるだろう。母の喜ぶ顔を想像すると胸が弾んだ。心が浮き立った。私は母のことだけを思っていた。母のことだけを思いカメラの前に立っていた。

「お母さんをどれくらいのあいだ探してきたんですか」

「その七日間というのはどういった気持ちで過ごしてこられましたか」

「今どんなことを考えながらお母さんのことを探し歩いているんですか」

「お母さんに会えたらまずなんて声をかけたいですか」

「どこかでこの映像を見ているかもしれないお母さんに、なにかメッセージがありますか」

「サナエさんにとって今、一番欲しいものはなんですか」

毎回話し終わったあとは胸の底がきゅうっと抓《つね》られたような痛みが残った。だけども同じ話を一日に三回、数時間おきにしているうちにそういう煩《わずら》いもなくなった。しだいにどういう話が喜ばれるかわかってくる。それは私が特別なのではない。私のような素人でさえ取材陣の反応を見ていれば容易にわかってくる。彼らがほんの少しだけ、だがわかりやすいヒントをしばしばチカチカと送ってくるからだ。彼らの表情は性能の良い信号機であったから、話を盛りあげるのに何の苦労もしなかった。私はつねに、けなげ、ということを意識した。話の内容に合わせて必要があれば涙を落とした。私にはそういうことはちっとも難しくなかった。以前からサービス精神の旺盛だった私は、彼らにとってとても使いやすかったと思う。なかなか飲み込みが早かったと思う。彼らが一番欲しがっていたのは、一言で言うと、私の傷だった。それも生々しい傷だった。彼らは自分たちのカメラのまわっているときに、そろりと服をめくって傷を見せるようなことをしてもらいたがっているのだとわかった。そして服の内側にまだ生乾きの大きな傷を秘《ひ》めながら、希望とか絆とか思いやりとかいう言葉を発してもらいたがっているように思った。私は記者らの様子を注意深く観察していた。彼らは私が涙を浮かべている時、より多くの写真を撮ったし、同情しているよ、というようにウンウンウンと頷きながら私に話の続きを促した。そして私に警戒されないように口元にわずかな微笑みを浮かべてみせるのも忘れなかった。

彼らは番組内で私のことを、ミスS高校と紹介した。ミスコン優勝者だと紹介した。実際のところ私はミスではなかった。準ミスだった。しかも準ミスは三人もいた。そのことをスタッフの一人に言った。それなのに次もその番組は私のことをミスS高校と伝えた。私はまた別の男性スタッフに言った。すると彼は、ああと目を細くして、大丈夫だよ、ととても優しげな口調で言った。

あるとき私は、決定的なことに気づいてしまった。

彼らは私が「母はまだ生きているかもしれない」と思っているところがいらしいのであった。あきらめないで捜索活動をどうか続けて欲しいですと乞《こ》うているところがいらしいのであった。しかし彼らは〈この少女の母親はもう生きてはいないだろう〉と思っていた。私にはそれがよくわかった。そのくせいつも眉を垂らしながら「別の避難所でサナエさんのことを探しているかもしれないお母さんにここから伝えたいことはありますか？」とマイクの先のいかついのやらフワフワしたのやらを向けてくる。私に、おかあさん、と涙声でレンズに向かって語りかけてもらいたがる。もう生きてるわけない――そう思っているくせに。そう思っているから私を自動的にかわいそうな子に仕立てあげられるくせに。もうとっくに死んでるだろうのに希望を捨てずにいる様子がけなげでかわいそうだから私にカメラを向けているくせに。そういう絵を持って帰りたくってうずうずしているくせに。生きているかもしれないと思っているという話をさせたがる。死んでればいいと思ってるくせに。私に、けなげであってもらいたがる。彼らは私に、痛みと希望、その相反《あいはん》するふたつのものを同時にテレビカメラに見せてもらうことに必死だった。苦しみと希望。このふたつ。この相反するふたつのものが同時に存在するという状態で私にあってほしがった。そのふたつが融合した時、もっとも私からけなげが抽出できるらしかった。けなげは高く売れるらしかった。実際の私は苦しみの中から苦しみ以外の何かを見いだしていたりはしなかった。苦しみの中から憎しみ、それもひどい憎しみが生まれ、そのひどい憎しみがまた別の種類の苦しみを生んで心を蝕《むしば》んでいますよという話はしかし聞きたがらなかったし決して持って帰らなかった。彼らは持って帰る話を選別した。土産を選別するようにどれを持って帰るのが帰った先で喜ばれるか嗅《か》ぎ分けた。私の目の前でそれをやることもあった。私にはすぐにわかった。彼らは私に、瓦礫の中で残った一本の松みたいな、ひび割れたコンクリートに咲く一輪の花みたいな、そういう土産であってほしがった。彼らが好きなのは例外なのであった。例外という言葉に奇跡というルビをふって喜んでいた。一万分の一の確率とか、そういうことにみんな喜んで希望とルビをふって読ませるのであった。お母さんなんてもうとっくに死んでるだろうのにまだ生存を信じて頑張ってる全てを失ったかわいそうな女の子にけなげというルビをふって喜んでいるのであった。どんな不幸があってもこのように負けじと頑張ってるのが被災地の姿なんですと結びをつけるととてもいい感じなのであった。私もそれがいい感じであると認めていた。なぜなら私も人としてそういう話が好きだからである。どうしてもセンチメンタルなものに惹かれるという事実がある。人は感動したい生き物だ。奮い立ち、自分も頑張ろうと思う。だからいい感じなわけである。つまり私には私の価値を過小評価する理由などどこにも見当たらなかったのだ。私は喜んで大粒の涙をじゃらじゃらと落としてあげることに決めていた。彼らがバケツを担いで私の前へ並ぶのを、彼らの感傷主義に寄り添ってなみなみとバケツいっぱいに満たしてあげることに決めていた。彼らを出世させるようなおいしい言葉でもって満たしてあげることに決めていた。マスコミが私を使うのではない。私が彼らを使うのだ。マスコミが私を餌にするのではない。私こそが彼らを飯の種に変えるのだ。私の汚れた涙を、米や、パンや、温かい毛布に変えるのだ。実際、取材を受ければ受けるほどそういったものが届いた。一度マスコミに取りあげられると物資がどっと送られてきたのである。それはあの日から私たちがひたすら待ち望んでいたものであった。それから、様々なテレビ局や新聞社の腕章をつけた人がこの体育館にやって来た。まもなくしてそれらに報じられたことで、避難者は、それまで行方のわからなかった家族や知人に会いに来てもらえるようになった。だから私は彼らに欲しがられるものをくれてやることに決めていた。いや売ってやるんだ。〈希望、売ってます〉の旗を背中にさして練り歩いてやるんだ。私はしだいに高ぶっていった。ハイになっていった。

それからエンターテイナーのような気分になっていった。三文ドラマをこしらえる制作班のひとりみたいな、仕事の一端《いったん》を担《にな》っているみたいな気持ちになっていった。喜ばれる話だけをピックアップして話したりしているうちに、自分のほうが操《あやつ》っているんだぞ、視聴率のことまで考えてやっているんだぞというつもりになっていった。私はとても饒舌だった。ますますサービス精神を発揮するようになっていった。その頃の私はもう、それまでしていなかった化粧もしはじめていた。支援物資でそういうものも貸してもらえるようになっていた。鏡の中には久しぶりに完成された顔があった。そうしているとしだいに、それまでのどうしようもなかった気だるさが流れ出るように抜けていった。このところ取材以外のほとんどの時間をダンボールの家で過ごし、半分閉じかけた眼でボランティアや医師らの立派な活躍ぶりをいらだたしげに眺めていただけだったが、毛布から出て身なりを整え、体育館の中をうろうろ歩き回れるようになっていた。困っている人の話を聞いたり、掃除をしたり、重いものを運ぶ手伝いをすることができるようになっていた。そしてそれまでよりもずっとよく眠れるようになっていた。

私はかつての自分を取り戻していく気持ちよさを、はっきりと感じていた。それは、すばらしい高揚感なのであった。久しぶりに優しい気持ちが私の中に満ちてくるのを感じていた。それは本当に胸をなでおろしたくなるような安堵なのであった。私は今、おそらく美しい顔をしているだろうと思った。

体育館の中を歩き回るようになった私はいろんな人に笑顔でこたえた。避難所の人たちのためにすすんで作業をした。そんなことができる自分を、とても素敵だと思った。介護の必要なお年寄りの世話をした。怪我をして手先が不自由な人の着替えを手伝った。幼児が泣くのを遊んであやした。そんなことができる自分を私はとても気に入っていた。鏡を見ずともどれほど自分が華やいだ顔をしているかわかった。

気づけば私は、私のためだけに取材を受けていた。

ますます私の行動範囲は広くなっていった。時にカメラは母を探しに行く私に同行した。私はカメラがあるとき、母がぜったいにいないことがわかっている場所だけに向かった。もうさんざん探し回った場所や（水が引いてからはどこまででも探しに行けた）、通い尽くした避難所だけを探した。私は本当に必死に探してみせた。私にはそれが時間の無駄だとはどうしても思えなかった。

行動範囲が広がったことで食べ物や飲み水を確保しに避難者のために駆け回ることもできるようになっていった。年寄りのぶんも水汲みをする。給水所とを何往復もする。食べ物やティッシュペーパーなどの日用品を店頭販売しているところがあると聞けば行って三時間でも四時間でも列に並ぶ。炊き出しがあると言われれば代表して盆を持って並ぶ。並ぶことに一日のうちのほとんどの時間を費やした。そして日が暮れれば疲れ果てて死んだように眠った。そういうことのできる自分をとても美しいと思った。

私は確かに私のためだけに取材を受けていた。だから避難所の人たちから「あなたのおかげで支援物資が届いた、ありがとう」と言われることは最悪だった。私は取材を受ければ受けるほど上等な気持ちを手に入れていったのだ。取材を重ねるごとに汚らわしい顔の垢《あか》が剝がれ落ちていく喜びを嚙みしめていった。だからこれからも永遠にサービスをし続けていくことに決めていた。私はもう、パンや毛布のためにカメラの前に立っているのではなかった。だから感謝などされるのは最悪なのである。「助かった」「うれしい」「あなたのおかげ」そう言われることは迷惑なのである。「いい子」「頑張ってるわね」「思いやりがある子」「偉いねえ」「これからも助け合いましょうね」そういう言葉に辟易《へきえき》した。そういう言葉を持てあました。それらの言葉を処分するように私は記者に向かってぶん投げ返した。「希望があります」「私たちは絆で支え合いながら頑張っています」「これからも応援してください、つらいけど生きてます、でも物資がまだまだ足りてないんです、みなさんの助けが必要です、助けてください、一番足りてないのはおむつと、毛布と、それから何々で、何々もまだぜんぜん足りてないです」そう言って目にかすかな涙を浮かべてみせた。そうすることは私にとってこれっぽっちもむずかしくなかった。

ヒロノリはしだいに私の目につかないところで過ごす時間が増えていった。どこかへ出掛けていき、日が暮れるまで帰ってこない。私はそのことに早くから気がついていた。私がサービス業務に精を出せば出すほど、遅くまで戻らなくなった。だが私はそうであればいいいと思っていた。私は弟に、自分のしていることを見られたくなかった。私の華やいだ顔を見られたくなかった。外に行ってたくさん友達を作って馬鹿みたいに遊んでいてくれればいいと思っていた。豪快に遊び、疲れ果てて帰ってくればいいと思っていた。ずっとそうしていてくれたらいいと祈るように思っていた。

避難所の同じ班に斎藤夫妻がいる。

班は物資を効率良く均等に分けるためにできていた。

奥さんのほうは昔から知っている人だった。母の中学時代からの同級生なのである。私が幼い頃はよく家に来ていた。だけど私は昔から奥さんにちょっと変なイメージを持っていた。奥さんは他のおばさんと違っていた。どこか怖そうな人だと思っていたのだ。というのは奥さんは昔からあまり喋らない人だったから。母の友人は母のようにぺちゃくちゃよく喋る人ばかりなのに奥さんは静かな人だった。そしてとても綺麗な人だった。私はとても綺麗であまり喋らない大人の女の人にそういう勝手なイメージを抱いているところがあった。奥さんは背が高くスマートで髪が短かった。それから奥さんは一人息子を一歳と三ヵ月で亡くしている人だった。私はそれについてどう考えればいいのかわからなかったし、そもそも奥さんのことは、私の想像が及ばない世界の中に住んでいる人のように思っていたから（奥さんは一度離婚して再婚していた）、母を介してでさえそれについて話したことはなかった。触れたこともなかった。私は怖かったのだ。奥さんは、自分の世界のことを簡単にはわかった気にさせてくれない人だというふうに感じていた。たいていの大人の人は、子どもにとって難しいことはすすんで子どもにわかるように易《やさ》しく説明するはずだった。わかったような気にさせて安心させてくれるものだ。たとえば死について言うとき、肉体が消えても魂は残って大事な人に寄り添い続けるのよと説明したり、不治の病について言うとき、神様に選ばれた人なの、素晴らしい人だったから選ばれてしまったのねと説明したりする。子どもがわからないでいることを、わからないままにさせておくのは大人として失格だというかのように。

　避難所で奥さんに会ったのは三年ぶりくらいのことであった。久しぶりに再会するとき大人はたいてい、大きくなったわね、とか言うものだけど奥さんは言わなかった。

　班の中で私と奥さんがふたりきりになった時間があった。私はその頃、誰に対しても饒舌になっていて、奥さんに対してもぺらぺら言葉が出てきて止まらなかった。とてもくだらない話をして奥さんを笑わそうとしていた。そうせずにはいられないというように思っていた。

だけど奥さんはまだ話をしている最中の私に向かって言った。

「そんな顔していなくていいでしょう」

私はたちまち嫌な気がした。

奥さんは続けてこうも言った。

「普通にしてればいいでしょう」

私は本当に嫌な気がした。

私はこの頃の自分の顔を気に入っていたので、なんてことを言うんだと思った。また奥さんのことが怖くなってしまった。

奥さんはまた、取材なんか受けなくたっていいじゃないとも言った。そう言われても私はもうそうする以外にできないのであった。だけれどもそのことを奥さんにうまく説明できる気はしなかった。だから不愉快を解消させることができなかった。私は反抗するみたいにますます饒舌に話をしてみせた。

「私ね、母さんに再会したときにマスコミの人たちにざまみろって顔をしたいんですよ。

ざまみろって。私は泣きませんよって。持って帰るもん何もなくなっちゃいましたね、すみませんねって、そういう顔したいんです。だって生きてんだからしょうがないですよねって。えっ、死んでたと思ってたんですかって驚いた顔してみせたいんです。びっくりしてみせたいんですよ」

そう言うとますます奥さんの眉間の幅が狭まった。

だが私は構わず続けた。私は奥さんに不機嫌な顔をさせたくて続けたのかもしれない。

「そのときに私、彼らにむりやり取材を続けてもらおうって思うんですよ。もしおずおずと引き下がろうとしていたら、どうして喜んでくれないんですか、まさかがっかりしてるわけじゃないですよねって言ってカメラの前から離れてやりはしないんです。私はこれからあなたが言って欲しがっていた絆とか希望ってワード、かなりの頻度で使っていくつもりですよ、じゃんじゃん使っていくつもりですよ、だって今の私は本当に心の底から絆とか希望ってもんを噛みしめちゃってますから、それくらい私は今幸せですから、えっ、嬉しくないんですかって。私は彼らをさっぱりした顔で東京へ帰すつもりなんてないんですよ。それでも用がなくなったと言わんばかりにそそくさと帰ろうとしているならば私、彼らの住所を聞くんです。あなたの親や子が死んだ時には必ず葬儀に出席するつもりですって言うんです。だって私はあなたからこれほどまでに私個人の身内のことを心配していただいたのですから当然のことです、あなたの家族のご不幸のときには私は当然のお返ししてきちんとお礼をするでしょう、きちんとお悔やみ申し上げるつもりです、私はクリーニングに出したての綺麗な礼服を着て葬儀に行くつもりです、それでおそらく言うでしょう、いつかは大変お世話になりました、私はあなたのことを忘れたことなど一度もありませんでした、今あなたが大事な人を失ってさぞかし悲しみに浸っているであろうと考えると心配で心配でもういてもたってもいられなくってここまで来てしまいました、今どんなお気持ちでいらっしゃいますか、亡くなったお母さんとのあいだには、もしくは亡くなったお父さん、息子さん娘さんとのあいだには、どれほどの深い愛情がありましたか、どれほどの強い絆で結ばれていましたか、私はあなたの悲しみを思うあまりあなたにそう問わずにはいられなくなるでしょう、そして私はそう問いながら、自分のその問い自体に感極《かんきわ》まっておいおいと声をあげて泣くでしょう、ああ亡くなった何々さんはさぞかしあなたを想っていたんでしょうね、そう自ら発したセリフにもうたまらなくなって人目をはばからずに声をあげて悲しみを表現するでしょうね、って、そう伝えるんです」

奥さんは何も言わず、ただじっと私を見ていた。

このとき私は、もしかすると、奥さんにひどく叱られたかったのかもしれない。激しい言葉で冷たく罵《ののし》られたかったのかもしれない。

だが奥さんは、哀れみでも失望でもない目で私を見ていただけだった。私はあきらめ、喋るのをやめた。

奥さんはとても静かに言った。

「疲れているのよ」

いいんです、と私はのっぺりとした表情で冷めた声をだした。

それから奥さんは立ちあがって静かに外へ出ていってしまった。

奥さんは毎日毎日、日が落ちるまで行方不明者の捜索を手伝っているらしかった。奥さんが日が出ている時間に館内にいることはこの時以外になかった。

あいかわらず私はカメラの前で毎日同じ話を三時間おきにしていた。

私より多くの身内が行方不明で探し回っている被災者はたくさんいるのにカメラは私を追ってくる。

「今、毎日どのようなことを考えて避難所生活を送っていますか」

「何に一番困っていますか。どんなことを助けてもらいたいですか」

「お母さんがなかなか見つからなくて今どんな気持ちですか」

私はそつなく答えていった。ぬかりなく答えていった。同じ避難所に金髪でピアスしてるギャルがいますけどその子中卒でタバコ吸ってますけど私の何倍も被災者のために働いていますよ私なんかよりよっぽど良くできた人間だと思いますよ彼女の涙は持って帰らなくていいんですか。そんなことを言ったりはしなかった。私は聞かれた質問に対してのみ答えていった。彼らの望むように答えていった。カメラを前にするとき私は遠くのほうから私を見ていた。私の目は記者の目でありカメラマンの目でありそれを編集する誰かの目であった。目に映る私は生々しく濡れてつやがあり見るからに健康そうで生きる喜びに溢れていたが、それを見ている遠くのほうの私の目は干し芋のように乾いていた。カメラの前に立てば立つほど私は目に乾きを感じていった。

だがそうする以外にどうしようもないのであった。いまだに同級生の男の子が「自分の親がこの下に埋まってるんだけどまだ待ってなきゃならないんだー」と言って赤いハンカチの旗を瓦礫の山に刺してるというのに、近所のおばさんが「仮土葬になるかもしれないっていうのよ。火葬場がぜんぜん動かないって。めども立たないんだって。だけど自分の子どもを土に埋めて砂をかけろっていうの。私は土葬なんて絶対にいや。絶対にいやなのよ。だから今何か方法がないか探しているのよ」と言ってるのに、避難所の人たちが毎夜毎夜「父親が映り込むかもしれないから向こうの避難所をちょっとでもテレビに映してもらえないもんかね」と願っているというのに、私は私のためにカメラの前に立つことをやめられないのであった。そうする以外にどうしようもないのであった。


ある日、体育館のモップがけをしているときであった。

避難所のリーダー格のパンチパーマのおばさんが、わざわざ私のところにやってきた。

「ヒロノリ君、毎日ああして一人で、偉いわよねえ」

そう私に言った。

その言い方が私を非難するような感じだったので、私が勝手にそう感じただけかもしれないが、私はそっとモップを立てかけ、おずおずとダンボールの家へ退散していった。そしてしばらくのあいだ角《つの》をいじくられたカタツムリのように毛布のなかに入って、じっと身を固めていた。目だけを外に出して出入口を見ていた。早くマスコミがやってこないか

な と思っていた。私は待った。黒光りする機材を担いだ人影を待った。期待して待った。しかしやってこなかった。それもそのはずでさっき帰ったばかりだったのだ。

かなりの時間が経った。私はようやく、のっそりと毛布を剝《は》ぎ、這《は》うようにダンボールの家を出た。

弟を探しにいくことは簡単だった。とてもとても簡単だった。それは、私が毛布を剝ぎ、ダンボールを出て、もう二度と行くまいと思っている場所へ行けばいいだけのことであった。最近体育館にいない彼が、どこにいるのかくらい私は知っているのだった。私はヒロノリが生まれて彼の姉になって以来、彼が何を考えているのかわからなかったことは一度だってなかった。

家があった場所まで行くと潮のにおいがいっそうきつくなった。

ヘドロは干あがっていた。家があったはずの場所には他人の家の日用品が山積みになっていてそれらはすっかり乾いていた。だが異臭は変わらなかった。生臭さに鼻がもげそうになる。乾燥したヘドロが今度は粉塵《ふんじん》をまき散らしていた。

ヒロノリはいた。玄関があったあたりの場所に立っていた。知らない大人の人と何か喋っていた。大人が困り顔になって首をかしげている。

「うーん、見てないなあ。ごめんなあ。大人の人は、だれか一緒じゃないの」

私は駆けよって弟の腕を摑《つか》んだ。

「すみません」私はその大人に言って頭をさげた。「すみません、大丈夫です。すみません」

ヒロノリは私が急にここへ来たことに驚く様子もなかった。

「ああ、お姉さんが一緒なのかい。それじゃよかった。お母さん見つかるといいねえ」

そう言って大人は弟の頭をなで、私に向かってうなずいてから去っていった。

「だめじゃない」

私は摑んでいる腕をさらにひっぱり弟の全身を自分のほうへ向けた。

「何してんだよ、ひとりで勝手に」

ヒロノリはいつものようにすっと私を見あげた。

「釘《くぎ》だっていっぱい落ちてんだから。割れたガラスだって散らばってんだよ」

何してんだよ、と呟きながら私は、自分こそいったい何をしているのだと激しく思った。

そのとき私は気がついた。

弟の首から薄い木の板がかかっているのだ。板はどこかで拾ったのであろう木材の破片のようなものであり、薄汚れて今にも切れそうなビニール紐《ひも》でもって首から吊されていた。そしてその板には、幼稚で下手くそな字で〈さがしています〉という言葉と母の名前が書いてあった。そしてその下に、母の顔らしい絵が描かれていた。

私はハッとして声が出ず、声が出ないままに弟を睨みつけた。

数日前ヒロノリに母の写真があるかと聞かれて、あるわけないでしょ、と答えたのを思い出していた。

ヒロノリは板を見ながらもじもじ揺れた。

「ねえちゃん」

蚊の泣くような声だった。

「ぼくの絵が、へただから、母ちゃん見つからないの？」

喉を通った精一杯の声のように思われた。

ヒロノリは唇と顎《あご》を小刻みに震わせながら板のふちを両手でぐっと力をこめて握っていた。白いちいさな握り拳がかじかんでいた。

「そうだよ」

私は首をかくんと折って弟を見下ろした。

「へたくそだから母ちゃん見つからないんだよ。こんなへたくそな絵で母ちゃん探してるなんてばかだね。なんでこれで見つけられると思うの。眉毛だってほら母ちゃんのはもっとこう綺麗なアーチの形をしているんじゃないか。目だって、あんたなんでこんな潰れた柿みたいに描いて。母ちゃんの目はもっと大きくてアーモンドみたいにぷっくらしてるんじゃないか。母ちゃんの顔、あんたなんで描けないんだよ」私は言いながらヒロノリの指の関節がアトピー特有のあかぎれになっているのを見ていた。すこしまえの夜、このちいさな指や肘《ひじ》や背中に、母が専用のクリームをすり込んでやっていた風呂あがりの光景が思い出された。母の指は寒い時期は常にカサカサしているからヒロノリはクリームをつけられる時いつもくすぐったそうに体をよじって母の手から逃れるのだ。そしてまたすぐに母の手に捕まるのであった。私は板をヒロノリの首からぶんどるように取りあげた。それを脇に挟んで瓦礫に這いつくばった。突然とりつかれたように瓦礫をあさりはじめた私をヒロノリはつっ立って見ていた。

しばらくしてようやく真っ黒のペンケースを見つけだした。こすると元の色は水色だった。ケースの中も泥でやられていたがキャップを外すとインクのでるペンが一本あった。

瓦礫に片ひざをついて、板を太ももの上で裏返し、追い立てられるように描きはじめた。

ヒロノリはやはり仁王立《におうだ》ちでじっと食い入るように見ていた。その絵が意外にも上手く描けてしまい、あまりにも母に似ているから息をのんで顔をあげたときには、真っ赤な目をしたヒロノリが声を殺して瓦礫に涙をぽろぽろ落としていた。

私はその時――、もう、すべてに、降参してしまおうと思った。

板からペンを離し、ゆっくりとキャップにおさめた。板を弟の足元にそっと置いた。

「先に」

声は口にこもって通らなかった。

「体育館、戻ってて」

ヒロノリは地面に置かれた板を見つめたまま動かなかった。

「いい。ぜったいに暗くなる前に戻ってて」

私は背を向けてゆっくりと歩きだし、しばらくして全速力で走りだした。

斎藤さんの旦那さんは腰をかがめて真っ黒な泥をすくっているところだった。

すみません、と声をかけるとスコップを握ったまま、「やあ」と笑顔で言った。白い歯が見えた。あの綺麗な奥さんとお似合いの旦那さんだった。旦那さんは毎日、日が暮れるまで外で力仕事をしていた。瓦礫や泥が厚く積もっているのを片づけて歩けるだけの通路をつくっているのである。粘っこい泥は重いだろうが何の機械もないのですべて手作業でやっている。

「そんなに息をきらせて今日は運動会かい」

旦那さんはシャベルでまた泥をひとすくいしたあと、じっと私の目を見てその作業をやめた。シャベルを土にさして軍手をはずしながら私の目の前までやってきた。

「どうした」

旦那さんは低く響く声で言った。さっきとはぜんぜん違った声だった。別の人みたいな声だった。大人の男の人はいろんな声をだす。いろんな顔をする。

「あの、わたし」私は息を切らせていた。だけど、はっ、はっ、とリズムよく息が切れていなかったら引き返してしまいそうだったので一度に喋った。「わたし、今日は、おそくなるかもしれないから、だから、もし、おそくなったら、弟のこと、見ててほしい、って、おねがいしたくて」

旦那さんはしばらくじっと私の顔を見ていたが、柔らかく厚みのある羽毛みたいな声で

「いいよ」と言った。

私はどうもというようように頭をさげた。

旦那さんに背中を向けてさっと歩きはじめたとき、

「サナエちゃん」

と旦那さんが私を呼び止めた。

「いっしょに、いこうか」

私は背を向けたまま地面を見てブルドッグのようにぶるぶるぶると首をふった。自分がひどい顔をしているだろうと思った。

前のめりになって歩きはじめた。どうでもいいことを考えながら歩こうと思った。どうでもいいことを意識して考えることはむずかしいことであった。すごい角度の前かがみになって大股で歩いた。目の前に壁が現れて行く手をさえぎられる。それが大きな船であることがわかって少し迂回《うかい》。道に漁船。屋根に車。電柱に遺体。さてこれなぁに。津波です。せーかい。田んぼに魚。道端に家畜。水たまりに犬猫の死骸。ついばみに降り立つ鷲《わし》に、遠慮がちに群がる小鳥。さてこれなぁに。津波です。せーかい。私はひたすら下を向いて歩いた。普通でないくらいの早歩きで歩いた。どうせ母はそこにいないんだから、い

ないんだから、いなくて、夫妻に、やっぱり、いません、でしたって言って私は、また、明日も、あさっても、しあさっても、あのサービスをすることになるんだからいいんだ、いいんだ、いいんだ、それでいいんだ。瓦礫の絨毯《じゅうたん》が見渡すかぎりに敷かれていて猛烈に歩きにくいので神経のすべてを歩くという行為に集中することができた。私はかつてこれほどまでに歩くということに夢中になったことはなかった。歩くということは意外とむずかしく意外と面白いのであった。いいんだ、いいんだ、いいんだ、いいんだ、私はとてもリズミカルだった。歩いているのにランナーズハイみたいになった。気持ちがよかった。いい感じだった。誰にも邪魔をされたくなかった。どこまでも歩いていけると思った。どこまでも歩きつづけていこうと思った。生活用品が枝や藁《わら》や土と混じりあって一面に広がってここはまるで海であった。広くって広くってなんとも見晴らしがいい海である。どこまでも続いてゆくのは気持ちがよいことだったのだな、ねえそう思わない、どこまでも見渡せるのは私の目がよくなったからじゃないんだけどね、もちろんそんなことわかっているよ、なのにどうしてだろう、私は今この目でこの世界のすべてを見ているような気がするね、うんそうだね。ここらへんのコンビニが左折の目印であったがもちろんそれはない。コンビニなんてそんなもの元々ここには存在しておりませんでしたよと言われた浦島太郎さん的な気持ちをなんどもなんども体験した。曲がるはずの信号も、そもそも道路さえないんだものね、それは驚いちゃうよね。私は浦島太郎さんに語りかける。でも太郎さん、私は太郎さんと違って行くべき方向が完璧にわかっているのですよ。いつでもそれは私の視界に入っていたのですから。山の裾にあるその遺体安置所は、もしも波が到達していれば二秒で流れていったであろう古ぼけた旧校舎と体育館であった。波はその手前ぎりぎりのところで止まったらしい。私にはそこへ辿り着ける方向が完璧にわかっていた。昨日もおとといも三日前も四日前も、それはいつでも私の視界に入っていたのだから。給水所に並んでいる時もサービスしている時も寝ている時もご飯を食べている時も避難所をいくつもいくつも回って筋肉痛になっている時も、それはいつでも私の視界に入っていた。だからコンビニがなかろうが信号がなかろうが道がなかろうが私はそこへ行けるのである。いつでも行けるという事実は疎《うと》ましい事実であった。私はできれば他県のどこからか、ああ早く行きたいのに、ああ早く探してやらなくっちゃならないのにと非常に焦れったい思いで望むのだがそれでいて道路は陥没《かんぼつ》し、線路は天に向かってうねり、大空へ飛び立つ滑走路は海の底に沈んでしまったという理由から、やむをえず自宅で地団駄《じだんだ》を踏《ふ》んで待っている人たちに憧れの気持ちを抱いてきたのであった。

だが今、どこまでも歩いていけると思った。どこまでも歩きつづけていこうと思った。さくさくさく、はっはっはっ、私はリズムがよかった。自分の歩調にうっとりするほどだった。うっとりしながら私は歩いた。しかしダンボールに手書きで〈遺体安置所〉と書かれた看板がやや傾いて校庭の入り口にぶらりと垂れ下がっているのを見た瞬間、息が止まり、リズムがやんで後ずさった。後ずさった勢いで引き返しそうになり、実際二十メートルほど引き返し、それからふたたび、おずおずと入り口に戻ってきた。校庭には何台もの警察車両や自衛隊車両が駐車されていた。二人一組になった自衛隊員が人間の形をしたブルーシートや毛布を次から次へと車両から下ろしていた。時おり黒っぽい液体がどばどばと流れ落ちた。私の毛穴はその時はじめてそこへ到着したことを確認したかのようにいっせいに開いた。目に映るすべてのものが、君はこんなところに一人でやってきてしまったのだねと語りかけてくるようだった。

受付の机のところへ行くと最初に言われたのは、「ほかの人は一緒に来ていますか」ということだった。

座っていたのは三十代半ばくらいの色白の警察官だった。同じことを三度、彼に言われた。

「家族か、親類か、誰かいっしょに来た人はいますか」

私はやはり首をふった。

「ひとりですか」

息が切れて視界がうっとうしく白く曇る。

「うちは」ようやく声が出た。「母と私と弟の、三人家族です」

ちょうどその時、出入口から遺族と思われる白髪まじりの女性が嗚咽《おえつ》しながら出てきた。彼女の太く唸るような泣き声が静まりかえる出入口に地響きのように響いた。彼女のふらつく足どりにぴったり寄り添うように、身内と思われる若い男性が二人、脇を抱えている。出入口には棒のように突っ立っている警察官がいるのだけれど彼はまるで何も視界には入っていないかのようにひたすら地面を睨んで唇をきゅっと閉じている。みな凛とした表情で目の前の仕事に集中しているというふうであった。

私は言った。

「弟は、避難所で待っています」

警察官はなかなか調べをはじめてくれなかったが、そうですか、と独り言のように言ってからやっと取りかかってくれた。彼は私を体育館の外壁の前まで案内した。

「これがこの安置所に保管されているご遺体の一覧です」

と彼は言いたくないことを言うときの男子生徒みたいに言い、視界を覆う広さの張り紙を目で示した。それぞれの名簿には番号がつけられていて、身体の特徴や所持品といったことが書いてあった。彼は小さな紙切れと鉛筆を私に手渡し、そしてやはり聞き取れないほどの声量で、気になる番号はすべてそこに書くようにと言った。

私は記載されている特徴を見ていった。すでに身元が確認され住所や勤め先の会社名まで記してある番号もあれば、どんな状態で発見されたのか、ほとんど特徴が書かれていない番号もある。

私は順々に見ていった。これは大変な作業だぞ、時間がかかるぞ、と思いながら見ていったのに、私の目にはすぐに自分の住所が飛び込んできたので後ずさりそうになった。ある番号に、うちの住所が書いてあるのである。それがどういうことなのか意味がさっぱりわからなくてそれでも自分の住所がそっくり書いてあるわけだからもちろん私は218番おねがいしますと警察官に言ったのだ。

彼はすぐにファイルをひらいて「もしかして、ヤノキョウカさんのお家の方?」

と母の名前を言った。

「娘さんでいらっしゃいますか」と言うので私は飛び跳ねるように「娘です！」と言うと、「ああやはりそうですか」と静かに言ってわずかに安心したような顔をしたので私は心に長い足が生えて跳びあがったような気持ちがして、ああやはり母は生きていたのだ！母はこの安置所でずっと働いていたのだ！と声に出てしまいそうになるくらい強く心で叫んだ。私はすがるように、せかすように、ええそうですそうですそうなんですと言った。「ではこちらへ。ご案内しますから。靴は履いたまま、そのままどうぞ」というので館内へ入る警察官のあとを前のめりになってついていった。餌をちらりと見せられて舌を出しながらついていく野良犬のようについていった。しかし彼は慎重に歩くのであった。私は自分のおでこが今にも彼の背中に突き刺さりそうになるくらい前のめりになっているというのに彼は厳粛《げんしゅく》な足取りで歩くのであった。私はいらだった。案内もなにもない、早く母に会わせてくれ、早く母の顔を見て、もぉマジ連絡くらいしてよ！　マジひどいわ、マジ最低だわ！　と怒鳴り散らしてこのクソババアと吐き捨てたいのであるからそんなに丁寧に歩いてくださらなくても結構だしそんなに物々しく喋っていただかなくても結構ですから、ねえ、さあ、さくさく行きましょうと思いながら前のめりになって歩いていった。彼は奥に入っていくにしたがってますます歩調が厳粛になっていくのでうっとうしさは増すばかりであったが私は耐えて耐えて耐えしのんだ。しのびすぎて私の手のひらには汗がぎっしり握られていたし、ひじから指先までが小刻みにぶるぶると震え、それがもう母が愛用している肩をほぐす電動マッサージ器のようになってしまっていた。一面に敷かれたブルーシートには遺体がぎっしりと連なっていて私たちはわずかな隙間を歩いた。二百体くらいはあるだろう遺体は、みな不自然なほどわずかにも動かず静かにきちんと並んでいた。働いている警察官たちは今私を誘導する彼と同じく凛としていた。どの警察官も自衛隊員も私とすれ違う時、私の顔さえ見なかった。それどころか顔を伏せて過ぎた。市の職員や消防団の法被《はっぴ》を着た人もみなそうである。医療関係者も黙々と各々の作業をしていてそれに集中しているのか顔さえあげない。ブルーシートがこすれる冷たい水を思わせる音。無機質な作業の音。それとともに何かの数値や医療用語が暗号のように聞こえてくる。時折、遺族のギャッと泣き叫ぶ声。ほかには何もない。死んでいる人たちのなかに、生きている人がいた。二百人くらいの死んでいる人たちのなかに、数人の人たちがぽつぽつ生きて下を向いて昆虫のように動いている。私の注意はいつしか生きている人のほうに向いていた。自衛隊の人がブルーシートのかかった担架《たんか》を持って静かに入ってくる。白衣の医師と複数の警察官が一体を取り巻いて検死をしている。ビニールに包まれた遺体が、こっちこっち、こっちへおいで、と私に手招きしている。と思ったらそれはビニールに納まりきらなかった土色をした腕であった。人は死ぬとき、体をまっすぐにして死ぬものだと思っていた。よく見ればあちらこちらで、腕が、高らかに振りあがって宙で力強く静止していた。これが津波だ、と思った。これが津波なんだと思った、そのとき、それらの一本一本が、羽のむしられたフラミンゴの赤茶けた長い首のように、私に向かって頭を垂らしながら歩み寄ってきたように思われ、そしてそれらはしだいに一心不乱に列をなして私に群がろうとしはじめるので、私は腕の皮膚を指先で力いっぱいに抓《つね》ったが、それでもやはり長い首のいく本かはまだ私の背筋にぴたりと頭をもたせかけようとするものだから歩幅を大きく大きくした。そのとき、「こちらです」と言われて警察官がそっと申し訳なさそうに止まったので、はっ？　止まんなよ、と思ったのだけど、私は素直に足を止めていたのだった。気がつくと警察官以外にも市の職員らしい人が二人そばに寄って来ていた。こちらですと言われたほうを見るとそれがもう母だと感覚でわかるのである。確認してくださいと言われた声がどこか天井のほうから囁《ささや》かれたみたいに聞こえたのでもうその声を避けることはできないのだという気がして私は「はい」と言っていた。そっと丁寧にチャックは開けられはじめた。そのときの私はチャックの金具を摑む警察官の指の先だけを見ていてああこの人は綺麗に爪を切り揃える人なんだな几帳面な人は部屋もきれいだろうなと思っていたのにチャックが半分ひらいたところでそれがもう母だとわかるのである。気配が母なのである。私は0歳の時からこの人の気配に育てられてきたのでわかるのである。顔が半分とすこし潰れていてもそれが母だとわかるのである。首をひねったり、すみませんが他のを見せてくださいと言う必要が一パーセントもなくてそれがもう母なのである。私の下顎は外れるくらいに下にさがって楽器のシンバルのように「かあーさーーぁぁぁぁん」と叫んだらしかった。気がつくと目の前に床があった。

どれくらいの時間だろう。私の目に床のブルーシートがペロンと貼りついてしまってなかなか引っぺがすことができないでいた。

警察官は一度私から離れ、また私のところへやってくるというのをいくどか繰り返していたらしかった。そのうちに耳だけが機能して、警察官が母の発見された時の状態を説明しはじめるのを聞いていた。目に床を貼りつけたまま聞いていた。それによると母は入院患者を、それも自力では歩行できない老人らを連れ出そうとして、だが間に合わず波が来たらしい。私の想像通りだった。想像から少しもはずれていなかった。腹が立つくらいそのまんまだった。母以外の看護師やたくさんの患者も同じ場所でともに亡くなられて発見されているという。母は発見されたとき、ある高齢の患者さんを紐《ひも》でみずからの背中にくくりつけていたという。波が来てからはぐれぬようとっさにそうしたのか、負ぶいやすくするためにそうしたのかはわからない。私は警察官に何か質問されて、その質問の内容を理解することができず、「弟は七歳です」ととんちんかんな答えをした。警察官は、そうですか、と小さく言った。警察官はさきほどの質問をくり返さなかった。

私は母の顔を見た。母の身体を見た。母は美しかった。確かに母には下半身がなかったが母は気高くて気品があった。私はしだいにこの美しい母を自慢したい気持ちに強くかられていった。授業参観の日に何度も教室のうしろを振り返ってばかりいた時のようにそれから何度も何度もチャックを開け閉めした。チャックが開くたびにそこにいる母は白雪姫のように美しくて私は大声で飛びあがるように叫んだ。「これが私の母なんです。私、母に会ったんですよ！」周りの人に見せたくてしかたがなかった。人々はいっそう俯《うつむ》くようにして通り過ぎていった。

しばらくして法被を着た白髪の男がやってきた。母の遺体を旧校舎のほうへ移動させてもらいたいと彼は言った。今度からは旧校舎のほうに会いに来てやってほしいと言う。事情を説明してくれたが理解できたことは、体育館はもういっぱいになってしまったということだった。次から次へと海からあがってくる遺体のために置き場がなくなってしまったから検死も済んで身元もわかっている遺体は順番に旧校舎のほうへ移動させてもらっているのだそうだ。母の遺体もすでに身元は判明していたものの、だけれども斎藤由香さん、つまりあの奥さんが、こちらの遺体はお願いだからもうしばらくだけここに置いてください、こちらの家族が必ずここへ会いに来るのだから、頼みます、と言っていつも頭をさげていくのでこれまでのあいだここへ安置していたということだった。奥さんのお父さんの遺体はもうすでに教室のほうへ移動されているという。私は両手を拳にして自分の胸を叩き、ひざを殴り、顔を殴った。あまりひどく激しく殴るので走り寄って来た警察官が二人がかりで止めなければならなかった。私はこんなひどいところにずっと置いておいたんだ母を！　頭が後ろにごろんと落ちるくらい首が折れ、喉からはオウオウという声が漏れた。虐待されている動物のようなその声が自分の声とは思えなかった。唸り声が吐きだされる感覚は口にも喉にもなかった。筋肉が働かなくて身体を動かせずにいるとひざ下と腕だけが勝手にびりびりと痛く痙攣《けいれん》した。私は世界一臆病で、世界一卑怯《ひきょう》で、世界一弱い人間だからこんなところに、こんな世界一ひどいところに母を置いておいて隠れていたんだ、どうしようもないどうしようもないどうしようもない。「あのね」と警察官が、私の目の前にひとつの透明なビニール袋をかざさなかったら私は永遠にオウオウ吠えていたと思う。

警察官は私の後頭部を大きな手のひらで支えて元の位置に戻した。

「このクリーム、お母さんのものだと思います。ポケットに入っていたそうです。お母さんの遺品として袋に入れておきました」

それは、アトピーの塗り薬だった。

「ここで、あなたに渡しておきますね」

ほかに所持していたものは何もなかったと、その人は言った。

安置所を出ると雪が舞っていた。

すでに雪は薄く積もっていて一面の瓦礫も何もかもが覆われていた。薄暗かった。地面が青白く浮いて見えた。自分がどこにいるのかわからなかった。何時なのかわからなかった。どちらの方角へ歩くのが正解なのかわからなかった。歩きながら携帯をポケットからもぞもぞと取り出し着信履歴をひらいた。ぷっぷっぷっぷとダイヤルの音がはじまるまでの操作は目をつぶってでもできる。ぷっぷっぷっぷっぷ。カチャ。

「あーもしもし母さーん、今帰りなんだけどー、あと一時間くらいで着きまーす、あーチョー寒いんだけどー、今日ごはん何ー。てか雪降ってきたから母さん帰り気をつけてねー」

「こちらはNTTドコモです。おかけになった電話番号はただ今電波の届かないところにあるか電源が入っていないためかかりません」

「あーそうそう、沙紀の母さんもコンクール見に来れるってさー。終わってから四人でご飯いくかだってー。あーヒロもだから五人かー。そんだけー」

携帯をポケットにしまった。何も見ないで歩いているのに転びもせず躓《つまず》きもしなかった。何にもぶつかりもしなかった。自分はいつでも車にひかれて一切構わないというのにあらゆる車は私をひくどころか屋根の上でひっくり返っていたり瓦礫に突き刺さっていたりタイヤもついてはいなかったりしている。何も私を邪魔するものがなかった。何も私を殺しそうなものがなかった。私は歩くしかなかった。屋根よ〜り〜た〜か〜い〜鯉の〜ぼ〜り〜の歌詞とメロディーがなぜかそのとき頭の中を占めていてエンドレスに繰り返されていた。気がつくと市民センターの入り口に立っていた。この避難所にもいくどか弟を連れて来ていた。入り口の長テーブルに広げられている避難者名簿を隅から隅まで舐めるように見まわしていった。それがようやく終わると中へ入っていった。中に入ると知っている顔がちらほらあった。高校の同級生もいた。私は市民センターの中をまぐろみたいにぐるぐるぐるぐる歩いた。途中、何人かに呼び止められる。あの日から、友人も近所の人も死んでいることのほうが当たり前だったから知人とどこかで会ったりすればまるで旅先で偶然会った時みたいにいちいち驚き、いちいち喜んで抱き合ったりしたものだったが、しかし今、どうしてだろう、すれ違うたびに声をかけてくる知人に対して私は、いちいちそんなことで声かけてくんじゃねえよと思った。「おー大丈夫だった？　家は？　家族は？」お決まりの掛け合いになっている会話を適当にかわし、手のひらをヒラヒラとひるがえして、またあとでねーと言ってまたぐるぐるぐると歩き回った。そして入り口に戻ってもう一度、避難者名簿を隅から隅まで見直し、それから次に壁に貼ってある行方不明者を探す伝言メッセージを隅から隅まで一枚一枚ていねいに読んでいってそれにたいへん時間がかかり、たいへん集中力を要した。〈○○家は親戚の家にいます。みんな無事です〉〈お父さんを探しています。服装は紺のジャンパーとジーンズで〉〈これを見たらすぐに来てね！〉〈お母さんも和雄も美佳子もみんな元気です〉ふんふんふんふんとうなずきながら私は読んでいった。それからじゃあ私もなにか伝言を書いておかなければ、そうしようそうしようと思い立ってそこに置いてあるペンを取って紙も取ってみたけれどもすでに壁には隙間がこれっぽっちもなく伝言どうしはかなり重なるようにして所狭しと貼られているものだから自分のスペースを見つけるのはちょっと無理そうだなあと思ってやめた。ペンと紙を元に戻してまたぐるぐるぐるぐると歩いていると背中を向けている人の頭がどれもみんな母に見えてしかしどの人もみな私が近寄れば意地悪くマスクをぐわッと剝ぎ取るように振り向くので私はたいへんに腹が立った。振り向けばどの人もきまって意地悪ばあさんであって振り向かれるたびにぐわッぐわッと魔女のような手で顔面を鷲づかみにされる衝撃をくらうのでほんとうに意地悪ばあさんだと思ってたいへんに腹が立った。そのとき突然「ちょっと！」と誰かにうしろから腕を強く引かれて私はよろけた。

「ねえってば！　あんた、大丈夫なの」と言ってその人はすごい力で私をべたべたと触っているので私は忙しいのだから勘弁してほしいんですけどと思いながら振り向くとそれはS高校を昨年卒業した和美先輩だった。

顔を見ると先輩はかなり怒っているのであった。

「さっきから何を探してるのかって聞いてるんじゃない！」

え、と私は言った。

「どうしちゃったのよ！　なんで無視してんのよ！」

久しぶりにあった人に対してそんなイカつい顔をすることないじゃないかと思って私はまた「え?」と言った。

「え、じゃないよ。なんでこのくそ寒いのに汗なんかかいてるのよ」

先輩はやはりだいぶ怒っているのであった。

「それに、あんた……。すごい顔色。ねえ。だいじょうぶなの」

和美先輩おひさしぶりですね、と私は言った。

先輩は口をつぐんで眉間に深いしわをつくった。

和美先輩は部活の先輩だった。和美先輩が部長だった年にはコンクールで優勝したのに私の年はどうやら駄目そうです、今年はもしかすると取れないかもしれないですと私は心の中で言った。

和美先輩こんにちは、と私は口に出して言った。

「……ねえ。……どうしたのよ」

先輩は霊でも見るような目で私を見た。

「ねえ、誰かが、この避難所に、いるの」

私はどうして自分が市民センターにいるのか思い出そうとした。

「っていうかあなた、S体育館からひとりで来たの」

どうして私がSの避難所にいるって知ってるんですか、と私は言った。

「なんでって、そんなのみんな知ってるわよ。だってあんた、テレビに映っててんじゃないの」

「え?」

「ねえ……。人を探してるなら一緒に探すよ。探してるのって……お母さん? お母さん、結局、まだ見つかってないの」

「先輩、わたし……」

と私は言った。

「ん」

先輩は私のかすれた声を聞き取ろうとしてますます顔を近づけてきた。

「わたし、なにを探してるのか忘れちゃって」

先輩は強く目を見ひらいた。

先輩は懐中電灯を借りにどこかへ行った。

私の右手には和美先輩に握らされた熱いお茶の入った紙コップが納められていた。私は寄付をつのる人みたいにそれを右手に持ってきちんとまっすぐに立っていた。先輩が戻ってくるまでまっすぐ前を見て立っていた。朝礼で校長先生のお話を聞いている人みたいに立っていた。壁を見ていた。シミのついた壁を見ていた。天井の方から〈卒業おめでとう！〉の垂れ幕がかかっていた。懐中電灯を借りにいった先輩はまもなくしてロウソクを手に戻ってきた。そして先輩は私の手からお茶を取りあげると中身を見て嫌な顔をし、それをまずそうに一気に飲みほしてから私の腕を抱くようにして市民センターを出た。

雪はもうやんではいたが地面は完全に白に覆われていた。ロウソクの明かりの届くところだけがぼっと光って浮きあがってみえた。

「ロウソクって何時代ってんだよなー」

気がつくと先輩が何やら喋りはじめていた。先輩の声はちょっと震えていた。口元からは白い息がどばどばと工場の煙みたいに出ていた。津波からせっかく助かったのにこの寒さのせいで凍死してしまう人がいるという話を避難所の人たちがしていたのを思い出して心の中でうんうんうんと頷きながら歩いていた。

「てかさー、いつも報道されるのは同じ地名ばかりじゃなーい？　ずっとテレビ見てるけどさー、だいたい報道されてんのってあの町かあの村かあの市じゃーん」先輩はいくつかの地名をあげた。「震災にあったのはあそこらだけですかーってうちの避難所の人はみんな言ってるよー。東北の沿岸部にはそれだけしか地域がないわけーって。この町なんてあんたが密着されてるくらいじゃないの。あとは芸能人が慈善《じぜん》活動に来てくれた時ね。こんなこと言うべきじゃないけどさー正直あっちよりもうちの方がずーっと死亡率高いんですけどって感じー。町だってうちなんかほぼ全滅、ここで生き残ったほうが奇跡な町だっつーのにさあ」

先輩はこんなに語尾をのばしてギャルみたいに喋る人ではなかった。先輩が私のためにぺらぺら喋ってくれているのだとわかっていた。ぺらぺら喋るのにはギャルみたいに喋るのが都合がいいのだとわかっていた。こんな寒い時は目の下までマフラーで覆ってしまって冷気が入らないよう口もきゅっと閉じて黙りこくっているのが本当はよいのである。だが先輩は今私に微笑みを見せるためにマフラーを首という定位置に戻し紫に変色した唇をむき出しにして喋っている。

「あの町なんてもうテレビつければ見ない日はないよねー。あの町の避難所にうちの親戚いるんだけどー、他県からのボランティアとか義援金とかもうかなり来てるんだってー。有名になっちゃったからなんだろうけど物資なんかも避難所に送られてきすぎちゃって、あまって山積みにされてるって言うんだよ。これ嘘じゃないよ。そこにいる人が言ってんだから。うちなんかまだ毛布さえ十分じゃなくて毎日震えて寝てんのにさあ。全国の人たちが報道されてる場所ほど悲惨なことになってると思ってる証拠だよねー。でもまあそりゃそうも思うよねー、あれだけ報道されてんだから。あー山積みってどんななんだろ、見てみたーい、洋菓子とかふかふかのおまんじゅうとかが山積みになってるとこ。カステラとかあんこの詰まった大福とか」そこまで言って、ちらり、と先輩は私の顔を見た。先輩は微笑みを絶やさずに続けるぞと決心したみたいな声で「でもまあ」と続けた。「うちは田舎過ぎるってことかなー。たいした特産物もないし観光地でもないからもともと全然有名な地名じゃないしねー。海岸線もたいして綺麗じゃないし名物鉄道も走ってないしで注目されるわけないかあ」先輩はハハと短く笑った。私は心の中で先輩に何度も何度もすみませんすみませんと思った。ありがとうありがとうと思った。先輩のまつげが凍っていた。先輩の唇の紫色がいよいよ黒く汚くなっていく。「けどさー、そんなこと言ったら報道されまくってる町だって相当田舎だっつー話だよねー」先輩はそう言ってまたハハと短く笑った。私はほほを緩ませたつもりだったけれど冷凍された魚みたいに口もほほもピクリとも動かなかった。先輩が次に私をちらりと見た時、私はうんうんうんと首だけを激しく動かしていた。先輩はそれから急に納得したみたいに黙って、もう何も言わなくなった。

先輩は私をS体育館の入り口まで送り届けると同じ道を引き返していった。

彼女は別れ際にぽつりと独り言のように言った。

「たかだか地面が揺れたってだけで、なんでこんな思いしなきゃならないんだろうね」

寒いのにすみません、ありがとうございますと言うべきだったのに私は何も言わなかった。ロウソクが溶けてなくなりはしないか心配だったけど私は何も言わなかった。

入り口に、奥さんが立っていた。

奥さんはダウンを着て、首にはマフラー代わりのいろいろな布を巻いて、腕を組んで立っていた。

私はとことこと奥さんの前まで歩いていった。奥さんは、遅いからずいぶん心配してたのよ、とは言わなかった。奥さんは、どうだった、とも聞いてこなかった。奥さんは何も言わなかった。二人はただ向き合って立っていた。私は奥さんの首に巻いてあるマフラー代わりのいろいろな布を見ていた。

「疲れたわね」

と、奥さんが言った。

私はそのまま無表情に立っていた。弟のことを見ていてくれて助かりましたと言うべきだった。こんな寒いところで待っていてくれてありがとうございますと言うべきだった。こんな遅い時間に心配かけてすみませんと言うべきだった。だが声はひとつも出てこなかった。私は先輩と向こうの避難所で少し会話をしたのを最後に何も喋っていなかった。私は奥さんにいろいろ言うべきだった。母の遺体に直面した私がわずかでも楽な気持ちになるように遺体を少しでもいい状態にしてくれたのが奥さんなのだと知っていた。私は他のたくさんの遺体を見てきたので津波にやられた遺体がどんなふうになるものかを知っていた。いかに恐怖し、いかに藻掻《もが》き苦しんだかを説明するように鬼瓦《おにがわら》のような形相をして死んでいる人々を見てきた。溺れた人間の顔というものを初めて見た。剝けて浮いた皮膚を見た。その白さを見た。生涯、一度も見ずに済んだだろうものを見てきた。もういいかげんにしてほしいというほど見てきた。もう勘弁《かんべん》してくださいというほど見てきた。それなのに奇跡というほどに母の遺体は綺麗だった。私にだけそう見えたのではない。本当に綺麗だったのだ。顔の半分のダメージには白く綺麗なガーゼがあてがわれ、もう半分には化粧がきちんとほどこされていた。失った下半身にもしっかり新しい服が着せられていた。まるで母が、あたしはぜんぜん苦しまずに逝《い》ったのよーと、私に話しかけてくるみたいな遺体だった。母はそういう顔をしてすやすやと死んでいた。ふざけんなと言いたいくらい綺麗だった。ふざけんな死んでないくせにふざけんなと言いたいくらい綺麗だった。警察の人が奥さんが母の遺体を綺麗にしていくのだと言った。そう教えてくれた。そんなこと言われなくたってわかっていた。母の好きな花も母の体の脇に置いてあった。私はそのこともこの人に礼を言うべきだった。母に死に化粧をしてくれてありがとうございますと言うべきだった。母に新しい服を着せてくれてありがとうございますと言うべきだった。母の下半身をダンボールと包帯で作ってくれてありがとうございますと言うべきだった。私はたくさんのことを言うべきだった。ありがとうございますと言うべきだった。どうもすみませんでしたと言うべきだった。勇気がなくてすみませんでしたと言うべきだった。泣いてそう言ってもいいし笑顔でそう言ってもよかった。奥さんのたくさんの思いやりを自分は一生忘れないでしょうと私は言うべきだった。私は、人に喜んでもらういろいろな言葉を知っていた。喜ばれる表情と態度を知っていた。好意をもたれる声のトーンを知っていた。だが私はひどく乾燥した棒きれのような顔をしてそこにつっ立っていた。自分でも靴の先で蹴り飛ばしたくなるような五歳のガキのような顔をして私はそこに立っていた。そしてようやく聞き苦しいかすれた声をだして、

「弟にはまだ言わないでおいてください」

と言った。

奥さんはそっと口を動かして、はい、とだけ小さく言った。


私はマスコミのあらゆる質問に口をつぐんだ。

私の傷をあからさまに指さし、そのかさぶたを剝《は》がしてくださいよぉと心の声を漏らしてくる。ガスがしゅーしゅー漏れているのが目に見えなくても雰囲気でわかるみたいにわかる。大人の男たちがこぞって私の唇をひらかせようとする。口角をあげて見せてくる。すべてが汚く見えた。すべてが汚れて不潔に見えた。ありとあらゆる出来事が腐って見えた。腐りが進みすぎて熱を発して上気して見えた。

「自衛隊の方たちが児童一時預かり所をひらいてくれたのに続いて、昨日ボランティアの

人たちが臨時の託児所をオープンさせてくれました。絆園って言います。紹介してもいいですか。ちいさい子どものいるお母さんたちはほんとうに助かっているんです」

彼らはほんの数回だけそういうことをやらせてくれたけど、そのうち潮が引いたようにいなくなった。

残ったのは一気に有名人になった私を嫉《ねた》む声だった。ネットに誹謗中傷《ひぼうちゅうしょう》も書かれていたらしいけど私は実際には見ていない。

――震災の話題使ってまで有名になりたいの。いい子ぶって。

――アナウンサー目指してるらしいよ。ってむりむりー。

――ミスっていったってしょせんS高。ミスでせいぜいがあのレベル。ウケ。

何のためにか親切にもわざわざ教えてくれる人がいる。人って不思議だとぼんやり思う。わざわざ教えてくれるってことはその人も同じことを思っていたからなんじゃないのかな。だから、ほらやっぱし書かれてるよって教えたくなるんじゃないのかな。

もしも――と私は夢想《むそう》する。

もしも、波のあっち側へいってたら。

私は疲れと暇をもてあまして夢想を繰り返した。もしも波のあっち側へいってたら。私はおそらく綺麗に語られたのではないだろうか。――若くして死んで惜しいこと。心優しい子だったよねえ。親切でいつもにこにこしてるかわいい子だったのに残念でしかたがないよ。あの子のことは一生わすれない。

私は私の美しいイメージに憧れを抱く。波のあっち側とこっち側。海のある町とない町。私はおそらく、そのどちら側へも行けたんだ。どっち側へも行けた。行けたのにしかしこっち側にいる。気がついたらこっち側にいたというだけなのだ。

しだいに避難所の人数も減っていった。他県に行く人たち。転校する子どもたち。親の転職についていくという同級生。ビリヤードの玉が突かれて四方八方へ散っていくようにいなくなった。たくさんのものを見送って過ごした。私はほとんどの時間をダンボールの家で過ごすようになっていた。なにかを喋りたいとも、なにかを口に入れたいとも思わなくなっていた。他人と協力して喜びを分かち合いたいとも、誰かと悲しみを共有したいとも思わなかった。言葉を発する意味も、言葉を耳にする意味も感じられなかった。炊き出しをもらいにちょっとそこまで出ることも面倒くさくてしかたがなかった。そんなことをする必要を感じられないのであった。私の目に映るありとあらゆるものが意味をもっていないのであった。水も土も空も。飲み食いも排便も月経も。なにもかもが意味をもっていないのであった。友人も親類も学校も。母の来ないコンクールなどあってもなくてもどちらでもいいのであった。母のいない明日など来ても来なくてもどちらでもいいのであった。生き残るということは、生きているということ自体に意味を見いだせなければならないことであった。生き残るということは、そのむなしさに対抗できる程度の生きる理由を探してあてがってやらねばならないことであった。あてがってやらなければと思うがしかしどうしたってこうしたって、なにもかもがむなしい。春はいつからこんなにむなしくなったのか。鳥がとび桜が咲き卒業式があり新芽が出て新学期が始まり、だから何だ、私はこれまでそんなものにこれっぽっちも意味など見いだしてやる必要なんてなかった。手招きなどせずともやって来るそれらを昨日も会った友人のように受け入れそばに置けばそれでよかったのだ。

いよいよ、私たちのところにも連絡があった。

沼津の親戚のおばさんがうちにくるようにと言ってくれているのであった。母のお姉さんである。おばさんは未婚で子どももないので、私たちが母に連れられて会いに行くときはいつも異様なくらい喜んでくれた。私もヒロノリもおばさんのことを好きだった。しかし今、私はどうしても返事をできずにいた。飛びつけばいいのに黙っていた。しかも私は自分が黙っていることを弟のせいにしていた。弟はなんと言うのだろう。どう思うだろう。引っ越すということはこの町を離れるということで、この町を離れるということは母と過ごしたこの町を離れるということで、それを弟はどう思うだろう。弟はなんと言うのだろう。弟思いのやさしいお姉さんというふりをして私は時間を稼いだ。私にはここを離れる自信がなかった。旅行以外、一度もこの町のなかから出たことがなかった。この町は母そのものだった。私の十七年の人生はつねに母のなかにあった。私はこの町を離れる自信がなかったし、それどころか、この避難所を離れる自信さえないのであった。私はむしろこの避難所で、一生、非常時を送っていたいのであった。一生、被災者でい続けたいのであった。一生パニックに身をもまれていたいのであった。大混乱のためにあらゆる感覚を麻痺させていたいのであった。私は非常時というものに味をしめているのであった。人間、命さえあったらなんとかなる！　生きてさえいれば必ず乗り越えられるんだ！　被災直後の前向きな心意気。負けないぞ、何があっても生き抜くぞ！　根拠もないのにこんこんと湧《わ》いてくる自信。そういう興奮状態に無条件で浸かっていてよかった。その時はまだ、これから実際どうやって生きていくのか見当もつかないのだけれど、本当にまったく考えていないのだけれど、それでも今日食べるものがぎりぎり確保できた喜びを噛みしめ、さあこれから未曾有《みぞう》の災害にも負けずに一丸となって頑張っていくぞというムード。集団行進のときみたいに足並みが揃《そろ》う気持ちよさ。不思議な高揚感。そういうものを無条件で歓迎してよかった。私はとにかくそういうものの味を覚えてしまっているのだった。生きるのに必死になれた。ごはんを満足に食べること、暖をとって一夜を明かすこと、無事に明日を迎えること、大事な家族に会えること。私たちは生きることに一途《いちず》だった。少し前、私は弟を背負って死体が浮いている町をほっつき歩いた。商店のガラスが割られていたので弟を背負ったまま店内に入っていって残っているものはないかと探した。横転している棚の下に手を伸ばすと缶詰が二個転がっていて私はそれを取ってすぐに店を出た。それが盗みだ、ということに私は気づいていなかった。いや気がついていたのかもしれない。でも悪いことだとは感じていなかった。なぜだろう。なぜだったろう。そのときにはわからなかった。でも今になってようやくわかる。それは、単に、生きようとすることが良いことだからだ。盗むことを迷いもしなかったのは、生きることに迷いもしなかったからだ。

私は生きることに一途だった恍惚《こうこつ》とした日々の味を、すっかり覚えてしまったのだった。私は一生、食事は炊き出しで、風呂は自衛隊の人が用意してくれる物珍しいやつに入り、自動販売機を壊して飲み物を確保し、このダンボールをマイホームとして修復を重ねながら、年をとってこの避難所で死にたいのであった。私は一生どこへもいかず、ザ・被災地！　で生涯を送りたいのであった。マスクと長靴を手放さず、お洒落《しゃれ》もせず、道も塞《ふさ》がれ学校にもバイトにも行かず、ロウソクでもって明かりを灯し、土を掘って用を足し、一杯の豚汁のために二時間ならび、毎日疲れ果てて日が落ちれば死んだように眠り、春が来ようが夏が来ようが秋が来ようが、うぐいすが綺麗な声で呼びかけてこようが、そんなものに目をくれる余裕はないんですよ、今はそれどころじゃないんですよ、今はとにかく一大事なんですから、と丁寧にことわり続けながら生涯を終えたいのであった。

だから親切なおばさんが頻繁によこしてくれる連絡を私は恐れた。おばさんは私を、健全な人間の暮らしに引きずり込もうとしているのだと思った。

おばさんに電話をかけるという約束を先延ばしにしていた。ちょっとまだ電波が届きにくいということにして、しばらく横へ置いておいた。あるいはとても忙しいというふりをして。

しかしこの生活、忙しいはずはなく、むしろ猛烈に暇なのであった。

猛烈な暇をもてあます人にテレビはうってつけであると気がついたとき私は素直にテレ

ビの前に座り込んだ。テレビほど時間というものを確実に消費してくれる道具は他になかった。人類史上最高の発明品だと思った。そのテレビに、なるほど私は映っていた。番組は私が高校の友人と再会するところを報じた。それはかなり前に取材されたものだった。そこに映っているのは確かに自分なのだがドラマを見ているような気になった。私自身そんな取材があったことを忘れていたくらい彼女とはたいした仲ではなかったのである。だが私はその番組のなかで〈行方不明だった大親友と二週間ぶりに涙の再会!〉を果たしたらしかった。ほう、と思う。次に、妻を探し歩いていた夫が、妻に似た人がいると人に連れていかれた寺で妻と再会を果たすという場面が放送された。四日ぶりの感動の再会とテロップが流れる。ほう、と思う。私はその男女のドキュメントを見て涙がこぼれそうになったし、いい番組だと思った。せつないナレーションに、扇情《せんじょう》的なカメラワークで、感動的な音楽。締めもいい。すべてが私の涙腺《るいせん》に訴えかけてくる。ドキュメントはいい。かっこいい。情熱大陸みたいでかっこいいのである。テレビを介せばますます被災地を被災地らしく見ることができた。テレビの中の被災地はいつだって被災地然《ぜん》としていた。うなるほどの被災地があった。そこにはいつだって味わいがあった。自己憐憫《れんびん》の水底に静かに沈み込む一種の快感があった。みじめさの湖底《こてい》で甘美《かんび》な悲劇のヒロイン意識にどっぷりと浸《ひた》る心地よさがあった。その心地よさは私の心をじーんとさせ、同時に私の頭を馬鹿にさせた。いろんなものを愛したり応援したくなる麻痺を起こさせた。それが正しいことかどうかなど考える必要もなかった。なぜなら傷ついた他人に同情したり心配したりすることは、疑いの余地ないほど正当で、まっとうなことだからだ。ゆえに私はみずからの正義感や道徳心のまともさをあらためて確かめることさえできた。人として当然の慈悲心を持った善良な人間なのだと実感することさえできた。流れてくる映像はたいてい、そういったたくさんの旨《うま》みを与えてくれるものだった。

そのドキュメント番組がCMに入ると私は尿意をもよおした。便所へいって戻ってくると、画面ではスタジオのタレントたちが海鮮丼の駅弁をほおばってリアクションをとりながら中継を見てコメントしていた。おいしそうだな、と思った。中継先ではアナウンサーがマイクを握りしめて「あの日帰ることが叶わなかったA駅へ！　今、復興への希望を乗せて、約束の地への帰還《きかん》を果たします！」と車内で揺られながら声を張っている。車窓には見つめる人々。旗をふる人々。ほう、と思う。ここのところやたら鉄道ファンが増えているみたい。「被災地への支援の輪が広がっています！」とアナウンサーが番組を締めた。なるほど報道はフィクションなのだと思った。そう思った瞬間、私は不覚《ふかく》にも、よだれを垂《た》らしそうになった。よだれは弁当をほおばるタレントを見ていたからかと錯覚したが、いやそうではなかった。私は、救われる、そう思ったのだ。一瞬、目の前が霧の晴れたように明るくなってみえた。報道が現地の人のためのものであるべきだなんていう期待や望みを持つ必要などなかったのだ！　そう思うと本当に唾がみるみる溢れ出てきてしかたがなかった。急に腹が減ってどうしようもなくなった。空腹を感じることは久しぶりのことであった。支援物資や医療などがまったく入ってこなかった頃よりも私はずっと飢えていた。このままでは自分が無になり、呆《ほう》け、そのうち言葉さえ忘れてしまうのではないかと思うくらい私は飢えていた。生活が豊かになって楽になればなるほど私は飢えた。私は私自身に飢えていた。日常はすぐそこに波のように迫《せま》り来ていた。ライフラインはすでに復旧し、水も電気も使えるようになっていた。おまけに親切なおばさんが電話の向こうで待っていた。息ができなくなって溺れ死ぬような夢をなんども見た。自分が白い泡とともにプップツ消えてなくなる夢をなんども見た。

　私は私を売らなければならなかった。

　高く買ってもらわなければならなかった。

　食料や飲み水を手に入れるためにではなく、下着やちり紙を手に入れるためにでもな

く、私が存在して生き延びるためにだ。もし次に私の前を記者が通れば、

「私を買ってください！」

と言ってその足にすがりつきたいと思った。私は近くに獲物がきたらペロンと長い舌を出してやろうと身構えている腹の減ったカメレオンのように、ダンボールのくすんだ茶色と同化しながら、卑《いや》しい目をして物欲しそうに辺りをじろりと眺めているのであった。

私は、今の自分に値打ちがあるのだとわかっていた。

高値で買ってもらえるとわかっていた。

実際私はそうした。記者は来たのだ。記者が来たとき私はいたいけな女の子のように体育座りをしてひざを抱き、寒くもないのに毛布を赤ずきんちゃんみたいに頭半分にかぶって座っていた。

「母は死にましたよ」

まずはさらりと言ってみた。

「死んだんですよ」

次に切実に言ってみた。

ためしに言ってみた、という感じだったのに記者の表情がみるみる変わったのですぐに

目ん玉を湿らせてみせた。

「……え、そうなんですか」

信じられないという顔をして私を見ているのだった。信じられないのは母が死んでいたという事実ではなく、なんで知らせてくれなかったんだということだと顔に書いてある。

「それは……いつ、あの、わかったんですか」

がっかりしていないふりをするのが下手くそな大人たち。

「お知らせしなくてすみませんでした」

「……いえ。……あの、ご対面はもうされた……んですか？」

がっかりしてる、がっかりしてる。

「もちろんです」

すっごいがっかりしてる、がっかりしてる。

えーーひとりで行っちゃったのぉ〜、なんで言ってくれなかったんだよぉ〜って言えないでかわいそうな大人たち。大人ってなんて生きにくいんだろう。なんて自由じゃないんだろう。男の子みたいに足をバタバタさせてみせればいいのに。大人ってなんて我慢強いんだろう。遺体安置所へ向かう私の顔をめちゃくちゃ撮りたかったのにね。ずっと私に密着してればよかったのにね。もったいないことしちゃったよね。一番撮りたいシーンだったのに残念でしょうがないよね。連絡もなしに一人で安置所に行って一人で母の遺体に対面しちゃうなんて舌打ちしたくなっちゃうよね。せっかく私につねづね「何か動きがあったら教えてください」って言って連絡先を渡しておいたのにね。決定的瞬間を自分のところのカメラで撮らせてもらおうと頑張っていたのにチェッて感じだよね。他局ではさんざん中学一年生の娘を探す父親とか追いかけて報じ続けてるのにね。〈父へのダイヤル発信を最後に行方がわからない娘は今どこに〉だっけ。特集たくさん組んでたね。Iテレビは遺体安置所へ向かう父親の姿にまで密着して父親がいよいよ娘の遺体を確認するところまで放送できたみたいだったね。完！ってところまでやらせてもらえてうらやましい限りだよね。不謹慎——という言葉がそのとき浮かんだ。そのとき、言葉のほうがそれを使ってもらうのを待っていたみたいに思えた。

私はついに、母の死を売りにだした。つまり私自身を売り物にした。女で、高校の準ミスで、こないだまで高飛車でいたのに、すべてを失って、こんな格好になって、家も潰れ、流れ、そしてついに最愛の母をも失って、それでもひたむきに頑張ってる、そういう私を売りにだした。この私はまちがいなく高値で取引きしてもらえるという確信があった。私は灰色の上下セットのスエットを脱ぎ捨てて、清楚《せいそ》なものに着替えた。薄ピンク色のカーディガンは防寒機能をまったく果たしていなかったが寒いとは思わなかった。一本結《ゆ》いにぶらさげておいた髪にひさしぶりに櫛《くし》を入れて耳にかけ、肩へ落とした。メイク道具を借りてきて化粧を丁寧にほどこした。ナチュラルメイクであったが細部までしっかり埋め込み、最後にグロスも薄く塗った。サクランボの人工的な香りがうっとうしいグロスであった。しかしその嘘くささは私を奮い立たせた。人工物というのはいい。人間が好きなように手を加え、つくり変えてしまうというのはいい。なんという自由だろう。まるでサクランボの香りというのは初めからこんなものだったというようだ。そこには失った記憶などありはしない。本物の記憶どころかむしろ喪失の記憶さえないのだ。サクランボの思い出、そんなものは、もしあったとしても、いかようにも操ってしまえるほど些細《ささい》な日常だったのだ。

ふたたびカメラレンズは私をとらえはじめた。

「お母さんが見つかったときの状況っていうのは……」「お母さんのご遺体にはどんな言葉をかけたんですか……」

申し訳なさそうな声を出して眉を垂らしてみせてくる記者のその物欲しげな目を見たと

き、やはり彼らは私を救いうると確信した。からだ中の血が沸《わ》き立つのがわかった。血液が手足の末端《まったん》まで押し流されていく。

「お母さんには、弟のことも心配しないでいいよって。私たち姉弟《きょうだい》は力を合わせてなんとか頑張っていくから……って。そう声をかけました。お母さんのぶんもこれからしっかり生きていくから……って」

胃のあたりに温かいものが宿っていくのがわかった。氷のかたまりが溶け出したごとく、さらさら舌が回って言葉が流れていく。

「そしたらお母さんの顔、なんだか安心したみたいに緩《ゆる》んで見えたんです……」

私は彼らを愛おしく思いはじめていた。

彼らが不幸を嗅《か》ぎまわって獲物をあつめ、それがほんとうは何なのかも知らずにただ旨そうであればなんでも下品に口に入れ、うまいこと消化する能力もないくせにもみくちゃにするのを、私は愛おしい目で見つめはじめていた。私は彼らのつくるヒューマンドラマを愛しはじめていた。彼らなしには生きられなくなっていたのである。彼らがいかにもありがたそうに「東北の人はみなさん親しみやすいですね」「初めて会ったのにいろいろ話してくれる」などと上機嫌に話すのを、いちいち胸のなかで「違う」と叫ぶこともなくなっていた。違う、この辺の人たちはよそ者であろうが邪険《じゃけん》に排除できないだけだ、あんたのことをありがたがってるんじゃなくて目の前の生身の人間を無視できず愛想良くしてしまうだけだ、丸の内を歩いてるOLじゃないんだからマイク向けられたらちゃんと立ち止まって話聞くし何か気のきいたことを答えてあげないといけないと思って頭の中をフル回転させてくれてるだけだ、昨日まで共に暮らしていた家族が死んで突然自分が遺族と呼ばれる対象になって悲しむどころかまだ事実さえ消化できていないパニック状態の中にいたって、今の気持ちを話してくれないかと眉垂らして願われれば遺族として、それに応じずにはいられないだけだ。と、こんなことを胸の中で叫ぶ必要もなかった。それどころか私は彼らを幼児を見るような気持ちで愛おしく見つめた。彼らは幼児なのだからどれほど最先端の技術を駆使《くし》しても、どれだけたくさんの時間を取材にあてても、どれだけの量のエピソードをかき集めても、そこへ自分自身の思考や感情を伴《ともな》わせることはできないのである。自分で手に入れた素材のその本当の意味を考え抜く力などまだ持ってはいないのである。それでも彼らはやはり幼児なのだから自分の感情も考えも持ち合わせていなくても他人に「今何を感じていますか」と問うことが恥ずかしくないのである。

それに幼児というのはお気に入りのお話にいつまでも飽きないでいるのである。

「〇〇の矢先だったのに」

「あの人はあの日、本当は非番だったんです」

お気に入りのフレーズはいつも決まっている。死ななくてよかったはずの人が死んだ。不幸など微塵《みじん》も予測していなかった人が死んだ。未来を楽しみにしていた時に死んだ。弱き者を助けて代わりに死んだ。まだ幼い子どもを残して死んだ。彼らはいつものお気に入りの物語を聞かせてあげればそれで満足してくれるのである。お気に入りのお話をただ撮ってただ持って帰る。なんのための取材か、なんのための絵か、そんなことはどうでもいい、取材のための取材なのである。たとえば出来の悪い小リスなんかと同じように、獲物を口に入れられるだけ入れ、せっせと巣穴へ持ち帰り、しかし消化しきれなかったものは糞《ふん》として無責任にそこいらへまき散らして自分では回収もできない。私はそういう彼らに純粋という言葉を当てはめてみた。純粋だから彼らは、彼らが去ったあとテレビを見た遺族が、自分たちの意図していたのとぜんぜん違ったように扱われているのがわかってやり場のない怒りを抱えているだろうとは思わないのである。純粋だから彼らは、こちらの伝えたかった物事がただの安っぽいセンチメンタリズムとして流されているのを見て口惜しく思っているだろうとは思わないのである。純粋だから彼らは、落としていった自分の糞が末永く悪臭を残してひどい二次被害をもたらしているというのにその臭さに自分では気づかないのである。自分が放ったのではないという顔をしてもう次の獲物を探すことができるのである。そんな純粋な彼らに、憤りや口惜しさなど、私は感じているどころではないのである。「人はなぜそんなに他人の不幸に興味があるのか」。そんなことをクソまじめに考えているどころではないのである。むしろ彼らは私を救いうるのだから。彼らは愛おしい存在であったのだから。私は心の底から彼らを必要としはじめていた。私をこの塩辛い醤油の染みついたダンボールから引きずり出してくれるのは彼らしかいなかった。私はもうこの愛おしい彼らなしには生きられないだろうと確信していた。

「そうなんです。母は、私のコンクールをそれはとても楽しみにしていました」

太い眉を垂らして口の端《はし》をわずかに持ちあげて話を聞くその記者は、男にしては赤い唇をしていた。大阪のくいだおれの人形のおじさんに似ていると思った。あの人形は、くいだおれ太郎といったか。くいだおれ次郎といったか。くいだおれ、なんだったか。

「私が部長を任されることになって、プレッシャーの中、うまく部員をまとめられないでいた時も、励ましてくれたのは母でした」

やっぱり、くいだおれ太郎ではなかったか。

ああそういえば。あれからまだ生理が一度も来ていない。最後に来たのはいつだっただろうか。

「母は仕事で忙しくって自分の時間だってたいして取れてはいないのに、放課後残って夜遅くまで合同練習する時には、部員全員に差し入れの食事を持ってきてくれました。自慢の母でした」

ああ思い出した、あの時だ。雪の降る夜にあわててナプキンを買いに行った。あれは確か二月の初め頃のはず。ヒロノリが熱を出したのと重なったんだから。ヒロノリの風邪薬も一緒に買って、薬屋のおばちゃんがグレープの缶ジュースをふたつサービスしてくれた。

「本当に、母は、今度のコンクールをとても楽しみにしていてくれたんです。手作りのお守り袋を作ってもたせてくれたのも、つい先日のことでした。どんな結果になろうとあなたが後悔しないように全力を尽くしなさいって。そんな矢先のことでし――」

そこまで言ったときだった。

突然、目の前に人影が、バッと覆いかぶさってきて、一瞬何が起きたのかわからなかった。カメラが回っているというのに、私とカメラとの間に人が入りこんできたのだった。

奥さんだった。え、と思っていると肘を摑まれ、カメラの前からひっぱり出された。突然のことに私も取材スタッフもあっけにとられていた。奥さんは獰猛《どうもう》な動物を引きずるようにかなりの距離を歩いて、私を人のいない通路の隅まで連れていった。抵抗できないほどの剣幕であった。角で奥さんが立ち止まったので私も立ち止まったら、その瞬間、奥さんはくるりと振り返って、私のほほをパシャリとはたいた。痛くはなかった。えっ、と私は奥さんを見た。奥さんの目が光っていた。

「元にはもどれないの！」

と、奥さんが言った。

いいかげんにしなさいと奥さんは言った。

私は目を見ひらいて奥さんを見ていた。

「もどれないのよ」

奥さんの目はひどく充血していた。

私にはなぜ奥さんにそんな顔をさせてしまっているのか、わけがわからなかった。

——というのは嘘で、わからないふりをしていただけだった、と思う。

「あなたの代わりなんていくらでもいます。誰だっていいのよ」

「なんのことですか」

と言って私はわずかに首をかしげ、奥さんに向かって困り顔をつくってみせた。

だけど奥さんは表情を変えなかった。

「あなたはそうしていれば時間が過ぎていくと思っているのよ」

私は薄い笑みをつくってから「え？」と高い声をだした。

「どうにかして時間を稼ごうとしてるのよ。あなたはマスコミを馬鹿にしてるようで、自分自身を馬鹿にしてるのよ」

そのときの奥さんはいままでに出会ったどんな教師よりも怖い顔をしていた。私は早くマスコミの輪の中へ戻りたいと思った。あの中では楽に呼吸ができる。

「言っておくけど、自分の家族がこないだ死んで三ヵ月後には傷が癒えるなんてことは何がひっくり返ったってない。三年たったって十年たったって一生かかったって癒えないものは癒えないのよ。だけどあなたは期待してるのよ。そうやって外の世界に一生懸命になっていれば、どうにかやり過ごしてしまえるだろうって。期待してるのよ。どうにかやり過ごしていればそのうち失ったものが何か別のもので埋まるんじゃないかと期待してるのよ。楽になれるんじゃないかという希望をもってるのよ」

「希望？」

私は笑みを壊さなかった。壊すつもりがなかった。

「希望をもってるから苦しいのよ」

希望って、と私は鼻で笑うように言った。「私はそんなアホじゃありませんよ」

「ええ。あなたは賢いのよ。賢い子だからごまかす方法を見つけ出すことだってできるのよ。賢い子だから外の世界を利用することができるのよ。いとも簡単にね。これからだっていくらでも探してこれるんでしょう」

「何が言いたいんですか」私は嫌な言い方をしていた。キープしていたはずの口角が落ちていた。

「利用できているつもりになっていることは怖いことよ」奥さんは鋭い目で私を切るように見ていた。「あなたのしていることは、あなたが思っている以上に危険なことだということよ。いずれ、あなたの首を絞めるでしょう」

「……じゃあ」

私は確かにいらだっていたのだが声がかすかに震えてしまった。

「どうすればいいんですか」

奥さんを睨みつけ、舌に力を込めてもう一度言った。

「じゃあどうすればいいんですか」

大事なものを取りあげられる恐怖と焦りから声を荒げた。

「邪魔しないでいただきたい」

奥さんは一瞬でも私から目をそらすことがなかった。

あまりにも不愉快だった。私は幼い子どもみたいになってパシッと奥さんの胸をひと突きした。「ねえ。邪魔しないでいただきたい！」世界中の人間から嫌われてもいいと思った。誰かを叩いたりしたことはそれが初めてだった。手がジンと痺れた。

奥さんはぎゅっと私の両手首を摑んだ。そして、「どうにもできないわよ」と言った。

「どうにもできないの。どうにもできないって、わかるしかないの」

すごい力だった。

「どうにもできないってわかって、そのことに怒ったり泣いたりするしかないの。苦しんで苦しんで、苦しみ抜くしかないの」

とても低い声だった。そのとき私は金縛りにあったように、とても嫌なのに動くことができないでいた。

「元にもどりたくても、もう元というものがない。それがもう存在しないんだっていうことを、受け入れるしかないの。こんなひどいことが起きて、そのせいで、二度とそれをもどすことができなくなってしまった。あなたがどれだけ努力してもよ。あなたがどれだけ努力して、外の世界の忙しさに溺れてみていようが、あなたがどれだけ努力して、自分に与えた役目をこなして充実してみせていようが、それがあなたを癒やすことにはならないの。それが時間を稼ぐことにはならないの」

私は奥さんのことを最悪なことを言う人だと思った。

「あなた自身が、ひたすら悲しんで苦しんで怒って、そのあとで、だんだんと納得するしかないの。代わりなんて何もない。誰も、何も、あなたの代わりにはならない。私のことを残酷なことを言う人だと思うでしょう。でもね、今もっともあなたに残酷なことをしているのは、あなた自身よ」

「……絶望しろって、ことですか」

私は汚いかすれた声を出した。

「あなたにしかできない仕事があると言ってるだけよ。あなたがするしか他にしかたのない仕事があると言ってるだけよ。それをする以外にどうしようもないのよ。あなたはあなたの大事にしていたものを、ゆっくりと、だんだんだんだんだんあきらめていって、そして別のかたちに変わってしまったものに今度は自分の方を合わせていくしかないの。ほんとうにそれしかないのよ。ほんとうにそれしかないということを受け入れるしかないのよ。それにはものすごい時間がかかる。ものすごく大変な心の作業なの。どうしようもないほどの苦痛と、どうしようもないほどの時間がかかる大仕事なのよ。だからあなたには馬鹿みたいなことをしてる暇なんかこれっぽっちもないはずよ。どれほど苦しかろうが、ほんとうにそれしかない、こんなに苦しいのにそれ以外に他に方法がないということが、この世の中にはほんとうにあるの」

私は今すぐに死にたいと思った。

「絶望しろって、ことですね」

いやみったらしく冷ややかに言った。

奥さんはほんのすこしのあいだ黙っていたが、

「まあ、そうね。そういうことです」

と答えた。

「あきらめろってこと……ですね。お母さんのこと、しょうがないって納得しろって」

そして私は立て続けに、さらにいやみったらしい声をだした。

「そんな勇気がどこにあるんですか」

あまりにもいやみったらしい言い方だったので自分にさえ芝居じみて聞こえた。

しかし奥さんは「勇気？」と小さく首を折った。

「そんなもの誰にだってないわ。勇気なんて誰にだってない」

そして続けた。

「勇気がないから受け入れられないんじゃない。あなたに、意思がないからよ。受け入れるには怒ったり悲しんだり嘆《なげ》いたりしなければならない。でもそれをするには意思がいるの。思う存分泣いて、大いに苦しんでとことん暴れて転げ回るには、それができるだけの場所を自分に用意してやらなければならないの。我を忘れて悲しみに囚《とら》われることができる場所を自分自身で用意するのよ。あなたの意思で用意するのよ。あなたはあなたの中の一番深いところにひとり降りていって、透明な檻《おり》の中に閉じ籠《こ》もって、そこでたったひとり悲しみに専念するの。明け暮れるの。内側から鍵をかけて出入口を閉ざして密室にしなければできないことよ。それくらいあなたは取り返しのつかないものを失ってしまったんだから。ちがう？　とても大変な作業なのよ。あなたが思っている以上に。大変な仕事だから、他人の目も、世間のうるささも、何も入れることを許してはいけないし、外の世界のどんな仕事も忙しさも、あなたがそこに閉じ籠もらなくてもいい理由にしてはいけないの。あなたはあなた自身の中に立て籠もることを許すのよ。自分を許すには意思がいるわ。そうしてもいいって自分を許すには意思がいるの。お母さんが死んでしまったことを嘆いて、しだいに納得して受け入れていくには、そうしてもいいんだっていうあなたの意思がいるのよ。誰でもないあなたの意思よ」

それから奥さんは、こんなことを言ったら怒るでしょうけど、と言ってから続けた。

「あなたがヒロノリ君をお母さんに会わせられないのは、あの子には意思があるからよ。あの子のほうが先にお母さんが死んでしまったことを受け入れてしまうからよ。それがわかってるからあなたはあの子を会わせられないんだわ」

私は今すぐに消えてなくなりたいと思った。

「あの子はまだ小さいからね、あなたにできないことが簡単にできてしまうように見えるのかもしれないわね」

奥さんは淡々と続ける。

「勇気がないからじゃない。誰にだってそんなものない。ヒロノリ君にもあなたにも。勇気なんか、そんなもの誰にだってない。そんなものどっから湧いてくるっていうの、この非常時に」

でも、と言いたかったのに呼吸が乱れてそんな短い言葉がうまく発音できなかった。舌が渇いて痺れたようになっていた。「でも……そんなこと、できない」私は震えていて、濡れた犬のようにぷるぷると頭をふった。私には奥さんの言う、私の中の一番深いところというのが恐ろしく感じられた。そんなところにはとても行けないと思った。私は私自身のことをとても恐ろしく思っていた。いやだ、と消え入る声で言った。

「……できない。……私には、もう、なんにもないんだから。私には本当になんにもないんだから。そんなことできない……私にはなんにもなくなっちゃったんだから。だって、だってみんな、みんな失っちゃったんだから」

私は奥さんの手をほどき、取材のために着ていた真新しい薄ピンクのカーディガンの裾を強く握りしめた。私の上体は小刻みに震え続けた。

「ええそうよ」

と、奥さんは言った。

「なんにもないの。なんにもない。悲しみと苦しみと怒りがあるだけよ。ほかにはなんにもない。そのとおりよ。ほかになにがあるっていうの。なにを探してるの。あなたには、このあなたしかいないの」

奥さんは私の両手首をまたきつく摑んで一度上下に振った。

「このあなたしか」

「……いやだ」私は本当に恐怖した。口をきつく結ぶと唇のグロスのぬめりが舌について吐き気をもよおした。

そのまま対峙《たいじ》した姿勢で私と奥さんは静止した。私には自分が息をしているという感覚がなかった。

奥さんの指の力が少し緩んだ。

「だけどね」

こんなこと今はありえないと思うでしょうけど、と前置きしてから奥さんは柔らかく続けた。

「だけどね、このあなたが、今苦しんでおけば、今苦しみ抜いておけば、いつか必ずお母さんのことを、ぬくもりに満たされた安らかなイメージで迎えることができるようになります。今は、そんな日は決して来ないだろうと思うでしょうけど」

「いやだ……」私の顔はほんとうに引きつりをおこした。「……安らかな……迎える……って……、はっ……」私は突然に息を吸って首をふった。「死んだみたいに言わないで」それが徐々に激しくなり、乱暴になった。「死んだみたいに言わないでよッ！」

奥さんに摑まれた腕をぶんぶんと振った。

「いやだあ、いやだあ、ぜったいにいやだッ！」

奥さんの十本の指が食い込んだ。

「いやだあッ！　ぜったいにいやだッ！　私はお母さんに会いたい！　お母さんに会いたいぃ！」

うわあーーんッと叫び声をあげて暴れる私の両手首を、奥さんは決して離さなかった。手首を摑まれたまま拳を奥さんの胸へ打ちつけた。

「なんでだよッ！　なんで年寄りなんか助けなきゃならなかったんだよッ！　なんで先の短い老人なんか助けて自分が死ななきゃならなかったんだよ！　なんで私ら見棄てたんだよ！　なんで私ら見棄ててそんな行動がとれたんだよ！　津波の時はてんでばらばらに逃げろって言ったくせに！　そうすれば母さんも安心して逃げられるんだからって言ったくせに！　ばらばらに逃げてそのあとで必ずS体育館で落ち合うんだって約束したくせに！

あの人はいつだって自分のことばっかりだ！　いっつもそう、いつだって自分だけの都合で生きてきたんだよ！　私らの将来のことなんか、なんも、これっぽっちも、考えてなんかいやしなかったんだよ！　だから私ら置いてさっさと逝っちゃったんだよ！　どうでもよかった、だから私らのこと放棄して死んでいけたんだ！　あの人は私らの人生まで一緒に持っていっちゃったんだよ！　ふざけんな、ふざけんな、ふざけんなッ！」

奥さんの背中は廊下の冷たい壁にこすりつけられていた。しかし奥さんの手は私の手首を固く握ったままだった。私はふざけんなと三十回くらい続けて叫んだ。

それから奥さんは私といっしょに、いやむしろ奥さんのほうがずっと、呼吸に苦しむ重病人みたいにひどい唸り声をあげて嗚咽していた。私たちは通路の角にうずくまって、激しく互いの体を抱いていたが、それはプロレス技をかけあって相手の体を固めているみたいだった。

「ほんとうに」

と、痰《たん》をからませた声で奥さんは言った。

「ふざけんな、よね」

奥さんはさんざん泣いたあと、やはりまだ嗚咽しながら、しかしまた先ほどの教師よりも怖い顔になって、私の鎖骨あたりに熱っぽい手のひらを置いた。

そして、ありきたりな言い方だけどね、と言った。

「あなた、自分で、自分の面倒を見るんですよ」


それからとても長い間、奥さんと私は並んで廊下の壁に身をもたせ、呆《ほう》けたように座っていた。窓から落ちてくる橙《だいだい》色の暖かい陽が、夕方になりかけていることを教えていた。毛布がなくても寒いとは思わなかった。久しぶりに穏やかさを感じていた。

奥さんがふたたび口をひらいた時、私はかなり落ち着いた静かな気持ちで降りてくる光の線を見ていた。

「ヒロノリ君を、ちゃんと、お母さんに会わせなさいね」

と奥さんは言った。

あなたはヒロノリ君のためにお母さんの遺体など見せないほうがいいと思っているの、と奥さんは柔らかい口調で私に尋ねた。

私はうなずいた。

「生前の美しいイメージのままお別れできたほうがいいと思っているの？」

私はまたうなずいた。

「あのね、こればかりは今の時点では想像できないでしょうから私からはっきりと言わせてもらうわ」

奥さんが静かにそう言ったとき私はうっすらと緊張した。

「遺体を確認できるのにしないという選択をすることは、いいこととは限らない。本人のために見せまいとすることは一生その人を苦しめることがあるわ。一生、対面しなかったことを心残りにして生きていくことがある。そして隠されたことを憎むこともある。遺体がたとえ良い状態でなかったとしても、それでも会わせてあげるのがあの子のため、そしてあなたのためでもあると思う」

それから奥さんは自分の過去のことを静かに話しはじめた。

それはほんとうに静かな話し方だったから耳を澄ませていなければ聞き漏らしてしまいそうだった。

私たちの乗った車が事故にあったとき、息子は即死だったのよ、と奥さんは話し出した。

「一歳と三ヵ月だった。私は息子が死んだことを知らなかったのよ。知ることができなかった。事故直後から私はとても長いあいだ意識不明の重態で入院してしまったから。意識が戻ったとき、私は食ってかかったわ。息子の遺体を、夫が荼毘《だび》に付《ふ》してしまったということに。私の意識が回復したとき、もうすでにすべてのことが終わっていたのね。葬儀も埋葬も、なにもかも。遺体の写真も、なにもかも残されてはいなかった。周りの人は言うのよ。あなたは見るべきじゃなかったって。あなたがとても見られるような状態じゃなかったんだからって。遺体は見る影もないくらいの状態だった。手も足も胴体も顔も、みんなバラバラになってしまった。人間の形なんてしていなかったのよって。警察でさえ目を背《そむ》けそうなつらい死体だったんだから母親であればこそ見られなかった。あなたは見てはいけなかった。みんながそう言った。でもね。私は許せなかった。怒り狂ったのよ。死にたいくらいに怒り狂った。私にとってはあの子がバラバラであろうが腐っていようが関係ない。私はあの子の姿を見て、抱きしめなければならなかった。ショックを受けて気を失おうが、のたうち回ろうが、私はどうしたってそうすべきだった。夫は私に息子と会わせるべきだった。あの子の遺体を冷凍保存してでも私に見せるべきだった。私は彼をさんざんにぶったわ。家の皿をみんな投げつけた。昼も夜もなくね。周りの人は私がおかしくなったんだと言った。事故で頭を打ったのがまだ治っていないんだって。精神病扱いした人もいた。人格が変わったとも言われたわ」

奥さんはまるでそこに何かがあるかのように自分の親指の爪をじっと見ながら話していた。

「でもね、私は正常だった。むしろ頭はすごく冷めていたの。私にはね、息子の体がたとえ腐り果ててウジ虫がわいていようが、たとえミイラの姿であろうが、抱きしめる必要があったのよ。どれだけむごたらしかろうがそうする必要があったのよ。そうしなければならなかったのよ。私は、どんな姿であれ、あの子に会って、あの子のほほと胸にキスをしてあげなければならなかった。ぐずったあの子にせがまれる時とおんなじように、抱っこしてあげなければならなかった。あの子を寝かしつける時とおんなじように、揺らし続けて、小さなリズムで背中をたたいて、お気に入りの歌を口ずさんで、そうやって死なせてあげなければならなかった。真夜中に一度だけ目を覚ましたあの子がまた眠りに落ちるのを待つ時とおんなじようにして死なせてあげなければならなかった。あの子をほんとうの意味で死なせてあげられるのは私でしかなかったんだから」

私は黙って聞いていた。この話が自分にどこまで理解できるか不安であったが黙って聞いていた。

「夫はね、確かに優しい人だったわ。とても優しい人だった。すべては私のためにしたことだったの。私がショックを受けて倒れないようにと思って私の意識が戻る前に火葬の手続きをはじめ、すべてを済ませたんですから。でもね、いくら頭ではわかっていても駄目だった。どうしてもそれ以上、夫といることができなくなった。とても熱烈な恋愛で結ばれた人だったけれど、どうしても駄目だったのよ。この人は、しょせん男なんだと思ってしまったの。しょせん男。この人は、子を宿さなかったんだって。私と同等にはあの子の親でないんだと思ってしまったの。顔を見るのも声を聞くのも駄目になってしまった。距離を置いてみようという彼の提案を受け入れて実際そうしてみたし、時間が経つのを待ってみたけれど、変わらなかった。私たちはもう、離婚する以外ほかになかったのね」

今の旦那さんが再婚した相手であることは知っていた。

「あの人は私のために息子のたくさんの遺品を残しておいてくれた。だけど、どれだけたくさんの遺品が残っていようが、凄惨《せいさん》な事故現場にいくど足を運ぼうが、新聞や書類でどれだけその事故のことを調べようが、事故の原因について納得しようが、私の中で、あの子が死んだことにはならなかった。息子が目の前からいなくなってしまってもう二度と会えないんだということと、あの子が死んでしまったんだということは、まったく別のことだったの。私の中で、永遠にあの子を殺してやることができなかった。遺体を見ていないっていうことはね、サナエ、そういうことなのよ。そういうことを首にくくりつけて生きていかなければならないということなのよ」

その時の私には、どうしてか、うなずくことさえできなかった。

「一年くらいしてね、私は墓を掘り起こしにいくと言ったの。周りの人はまた私を気が狂ったと言ったわ。すべての人に止められた。子どもを亡くした悲しみのせいで正気を失っているんだ、正常な判断ができていないんだと説得された。だから私、こっそりそれをしたのよ。人に見つからないように日が落ちてから。おもちゃみたいな小さな骨壺《こつつぼ》から、小指ほどの大きさの骨が四つ出てきたとき、私はこれ以上ないくらい嬉しかった。あもっと早くこうすればよかったと思った。自分はなんでもっと早くこうしなかったんだろうって。そう思ったら笑えてきたくらいよ。私、お墓で笑ったの。小指ほどのあの子の骨をね、私は胸に抱いた。それからそれを口に入れて舐めたの。何時間も何時間も私は胸に抱いたり舐めたりを繰り返した。白い骨はいままで見たどんなものよりも透明で美しくて、どんなものよりも可愛らしかった」

私はそのときの奥さんの顔を想像しようとしたけれども、どうしてもうまくいかなかった。

「それからよ。まともな食事ができるようになったのは。ゴミ出しに出られるようになったのは。それまで町に人が溢れる時間が怖かったの。商店街やスーパーマーケットが怖かった。天気のいい日の公園とか休みの日に混み合う駅前広場も怖かった。どこかであの子が迷っているんじゃないかと思って目をぎょろぎょろさせている自分が怖いの。小さな子どもを抱いている母親を見ると私の子どもを誘拐したんじゃないかと思って摑みかかってしまいそうになる。かといって家にいても仏壇に向かって手を合わせることはできない。そんなものへ語りかけることは許されない。線香に火をつけることも綺麗な花を買ってきて供えてやることも許されない」

そこまで言って奥さんは首をすうっと動かした。

「サナエ」

とぎ澄まされた黒い瞳が私へ向けられた。

「あなたはまだ間に合うんだから、あの子をお母さんに会わせなさい。あなたが彼を思うんなら今すぐにそうしなさい。あなたがよかれと思って遺体を隠すことは、一生ヒロノリ君にしこりを残すことになる。そしてそのことが一生あなたに負い目を持たせることになる。あなたはいつか自分を責めるようになる。今はそれがどれほど強烈なものかわからなくてもいいの。遺体に対面できる、できない、ということが残された者にとってどれほどの差があるか今はわからなくていい。でもね、判断するのは今しかないのよ。火葬までの時間には限りがあるんですからね」

奥さんはそう言って強くうなずいてみせた。

私はその翌朝、明るくなるのを待ってからヒロノリの手を引いて避難所を出た。そして、彼を母に会わせた。


炊き出しの行列に並ぼうとして体育館の入り口を出た。入り口で靴を履いていると、ヒロノリが待っていたように私を呼んだ。一緒に並びたいということだろうと思っていたら、そうではなさそうだった。こっちに来てと言って私の手をぐいぐい引いて体育館の裏のほうへ連れていく。

「どこまでいくのさ」

いいからいいから、と弟は嬉しそうに私の手を引く。どうせまた昆虫か何か見つけたのだろうと思いながらしかし「なになにー」とひっぱられるまま行ってやる。

土埃がひどいところで弟はしゃがみこんだ。私にもここでしゃがめというように合図をする。やはり昆虫だな、と思いながらしゃがんでやる。

「みてごらん」

ヒロノリは私を真似した口をきいた。彼の指すところを見ると、そこでは何匹かの蟻が巣穴に出たり入ったりしているだけだった。

蟻じゃん、と私は言った。

「うん。ありさん」

言って彼は、その蟻の巣穴に、唾をひとつ落とした。

私は驚いて目をむいた。

「なにすんのよ」

ヒロノリはしかし悪びれない顔ですぱっと立ちあがった。そして巣の盛りあがりを足で蹴り飛ばした。

「は？」私は思わず土にひざをついて弟の腕を摑んだ。「なんで！　なにすんの」私が腕をきつく摑むのも構わず弟はさらに穴をえぐるように深く土を掘った。巣はぐしゃぐしゃになった。

「ばか！　やめな！」

私は弟の足を押さえた。蟻たちはたちまち地上に出てきてあわてふためいて逃げ惑っている。私は弟がどうかしちゃったんじゃないかと思った。ちょっと頭がおかしくなってしまったんじゃないかと思った。

「は？　なにしてんの」私は蟻のことではなく弟の頭を心配した。「あんた、なに、どうした」

しかし弟はとても静かに、「ぼくね、見てたの」と言った。

「は？」

「ぼく、ずっと見てたの」

彼は逃げ惑う蟻たちを見ながら言った。

「ありさんたちね、お引っ越しするの」

あたりまえでしょ、と私はとがめるように言った。

「あたりまえ?」

弟はすっと私の目に視線を向けた。

私は弟から視線をそらした。

「……こんな土埃のひどいところにいるからアトピーがひどくなるのよ」

「ねえちゃん、水はけってわかる?」

「水はけ」

「水はけのいいところに」弟は優しい声で言う。「ありさんたちはお家をつくるの。すごく頭がいいからね。もしも雨がふってもだいじょうぶなようにって思ってるの。毎日雨がふってもだいじょうぶなようにって」

うん、と私は言った。

ヒロノリは去年の夏の自由研究で蟻の巣をテーマにしていた。

彼はそれから私に、蟻の巣がどれくらい立派な造りになっていてどれくらい丈夫なのかを説明した。私も小一が学ぶことくらいは知っていた。

「でも、もしそれでもだめだったら、また、お家をつくれそうなところを探すんだ」

あたりまえでしょ。

と、ほんとうは言いたかったけれど言えば鼻水が出てきそうだったので、へえそれは初耳だわと言って私は弟から離れた。私は何か用があるようなふりをしてレーザー光線のようにピーッとひたすら直線に歩いていった。どこかに向かっていたわけではないけれど歩いていって、八十秒くらいして、激しくターンしてまたレーザー光線のように弟のところへ戻ってきた。弟はしゃがんで蟻の巣穴を修復しようとしていた。靴裏で固くしてしまった土をふんわりとさせて蟻が楽に土を掘れるようにしていた。私は弟の前できゅっと止まると仁王立ちになって弟の頭上にゲロを吐くようにとめどなく喋った。「母さんね、あんたの生まれるずっと前からあの職場で勤めていて看護部長にまでなってたの。でもあんたを身籠《みご》もって産休に入ると突然ね、学生みたいに勉強をしはじめたの。セカンドレベルのナーシングっていうんだけどさ、まあ今のあんたにはちょっとむずかしいよね、一度臨床に出て経験を積んだ人がもう一度勉強する、」息が切れる。「簡単に言えばレベルアップよ。レベルアップ。ゲームでもあるでしょ、レベルアップって。母さんはレベルアップしてより質の高い医療サービスを提供しようとしたの」弟は首をかくんと折って私を見あげていた。「私さ、母さんのことすごいなって思ってた。看護師って肉体的にも精神的にもとってもハードな仕事だけど、あれほど人間的な仕事というかね、人っていいなあって思える仕事はないんだって母さんいつも言うの。怪我や病気を患《わずら》って苦しんでいる人って本当はけっして弱くないのよって。回復するために一時的にエネルギーを貯《たくわ》えてるだけなんだって。長い時間がかかる人もいるし、むずかしい病気もあるけど、治る人はエネルギーが溜まってきたら次の段階に移るの。中には治らない人もいるけど、それでもエネルギーはぜったい無駄にはならない。そういうものに寄り添っていくのはめちゃくちゃ面白いことなんだって。そんなことをいつも話してた。そういう時の母さんさ、そこらへんの母さんよりずっと若い顔してた。自分の生きがいのせいであんたには迷惑かけちゃってて悪いわねって私にいつも言うの。でも私はぜんぜん嫌じゃなかった。ほんとうに、ほんとうにまるっきり嫌じゃなかったの。私は学校が終わるとあんたを迎えにいったし宿題を見たり絵や歌を教えるくらいのことはした。私はそれができる年齢だったし余裕もあった。母さんの作っておいてくれる夕食をあんたとふたりで食べるのも私はぜんぜん嫌に思わなかった。たいてい栄養バランスのいいものを毎日違う味でつくっておいてくれるから鍋を開けるのが楽しみなくらいだった。ねえあんたも楽しみだったでしょ。夜遅くに帰ってくる母さんは疲れていながらもすごくいきいきした顔をしてた。やりたいことをやって生きていくっていうのはこういうことなんだなって私思った。私はそういう母さんが好きだったの。誇らしかったの。ねえちゃんね、母さんが、年をとってもずっとこの仕事をやっていきたいって言うのを、ああ本当にそういうふうにできればいいのになって思ってた。思ってたのよ。だから私は娘としてできる限りのことはやったの。あんたもそう。あんたも、母さんのためにできる限りのことはやったの。してたの。母さん、あんたがいつもいい子だから母さん助かるって言ってた。母さんは、自分が一番やりたいことをやって、望むとおりに働いて、生きたいように生きて、それでその道すがらこの災害に出くわしてしまった。ちょうどこの災害の下を通りかかってしまったの。そのことは、私たちには選ぶことができないことだったの。私たちには決めることができないことだったの。もちろん、もちろんね、できるものならば、揺れが起きてからすぐに駆けつければよかったし、手を引っ張って逃げればよかったんだけど、でも本当にそうしたとして、母さん、その通りにしたかかな。母さん、やっぱり、あの場所にいたんだよ」

弟が蟻の巣の上にぽとぽとと涙を落としているのを私は無視した。

「だから、ねえちゃん、こう思うんだよ。母さんは、私たちがちゃんとこうして逃げて生きていってくれると信じて疑わなかったから安心して天職をまっとうして死んだんだって。あんたはそんなの綺麗事だって思うかもしれないけど、うん、ねえちゃんもそんなの綺麗事だって思うんだよ、ほんとうに、そんな綺麗事はもういいかげんうんざりで飽き飽きでまっぴらだって死ぬほど思うんだよ」弟に喋るだけなのに胸が詰まって吐きそうだった。「それでもねえちゃん、私ら姉弟《きょうだい》がふたりしてあの時母さんのところへ駆けつけていて津波が見えたあの瞬間にあの人と一緒にいたら、あの人はあんないい顔して死んでいなかった、そう思うんだよ。っていうか、そう思うことにしたんだよ。あんたはそれじゃ納得できないかもしれない、なんでそんなこと言うんだ、そんなのおかしいって思うかもしれない。けどそれは、」痰《たん》が絡《から》む。「なにもかもが、私の決めることなんだよ」私を見あげるヒロノリは顔中を真っ赤にして鼻水を垂らして口呼吸していた。「だからあんたもそうしなさいよ。すればいいじゃない。あんたはまだ小さいからよくわかんないかもしれないけど、あんたがいずれ、あらゆることを自分で決めるんだよ。海の近くにいた人だってちゃんと避難して助かったのにどうしてあの病院にいた母さんは駄目だったのか、どうして友達のお母さんは生き残ってうちの母さんは死んだのか、どうして自分はまだガキなのにもう人生で二度と母さんに会うことができないのか、どうして母さんは自分を置いて逝ったのか。いずれ、なにもかもをあんたが一人で決めるんだよ。一人で決めて生きていくんだよ。いい、ねえちゃんはこれから、うんと勝手に生きていくよ。あんたのためだけじゃなくて私自身のためにやりたいことやってやりたいように生きていくよ。だからあんたもそうしなさいよ。生活のための最低限のことはしてあげるんだから、好きなことがみつかったらそれをやんなさいよ。けっしてねえちゃんを楽させるために俺は弁護士になるとか医者になるとか言い出すんじゃないよ。かっこつけたマネしたら承知しない。いいわね」私は顔中を拳でこすりつけている弟の胸ぐらをつかんで立ちあがらせた。

ずっと、非常時が続いてくれればいいと願っていた。復興どころか復旧すら始まらなければいい。永遠にお祭り騒ぎをしていればいい。そう思っていた。私は永遠にこの幻のような生活の中で生涯を過ごせばいいと思っていた。だけれどもたくさんの親切な人たちが一生懸命に働いてくれたおかげで私たちは水もガスも電気も使えるようになった。それどころか新しい住まいも、新しい学校も始まるのだ！　あっというまだったと言う人もいれば、ようやくだと言う人もいる。私は何も言わない。多くのものが順々に音をひそめていくのをただ見送っているだけだ。日常とは目に見えない空気のことである。目に見えない空気を撮ろうとするマスコミはいないし目に見えない空気にマイクを向ける者もいない。瓦礫を撮りにくる若者もいなくなるだろう。私はついに、そこにあるはずのものに唾を吐きかけることができなくなる。怖いのは非常時ではない。日常のほうだ。もう誰も飾り立ててくれない。センセーショナルな音楽もナレーションも何もつけてはもらえない。

しかし、それでも私は日常と戦う覚悟をした。私には弟もいた。

まもなくして私たちは、沼津のおばさんの家の門をくぐった。


おばさんはとても優しく、生活は快適だった。生活はなんにも不自由しなかった。母の姉であるおばさんは、好みや習慣がおそろしいほど母に似ていた。

なるほど日常というのは静かな怪物であった。それは、戦わなければならないのだけれどそれに負けても死ぬことはできない、そういう敵であった。日常生活のなかでこそ私は被災した。覚悟を決めてはじめた生活だとはいえ日常の中にはごろごろと、もしもという小石が転がっていてそれらは弾丸のように私の胸へ撃ち込まれた。もしも今母がここにいたら。もしもおばさんではなく母だったら。母ならば何と言うかなぁ。もしも母なら。母だったら。

もしもの小石につまずけば大怪我になる。食事も喉を通らなくなり学校にも行きたくなくなる。新しいクラスメイトと愉快な話に盛りあがることにも興味を抱けなくなる。男の子からの誠実な誘いにも気の乗らない態度をとってしまう。学生らしい光いっぱいの時を過ごすことに価値を見いだせなくなる。

そういう時、あの日が永遠の昨日であるように思われた。もしもあの日、揺れた直後に母のもとへ一目散に走っていって母をとっ捕まえて連れ出していたら。もしもあの日、高齢者の避難誘導を率先して手伝っていたら。大事なものを失わなくて済んだ方法が、とにかくあまりにも沢山ありすぎて、そのあまりにもありすぎる可能性のせいで私は時たま日常生活をストップせざるをえなかった。私は本当にちょっとしたことで小石のようにそこらじゅうに転がっているもしもにつまずいた。つまずけば最後、永遠に答えのでないもしもを考えることをやめられなくなる。答えのでないことを永遠に考え続け、考え続け、身を切られるような思いをしながら考え続け、死ぬ思いさえしながらも考えることをやめられずに、今度は以前のどうでもいいような思い出までむりやり掘り起こしてでも後悔をしはじめずにはいられなくなる。死んでしまうくらいならあんなこと言わなかったのに。あんな態度とるんじゃなかった。反抗なんかするんじゃなかった。あんなひどい言葉をつかって母を傷つけるんじゃなかった。あんなメール送らなければよかった。もっと優しくしてやればよかった。あの日の朝、ちゃんと顔を見せて、いってきますと言えばよかった。いつも目を見て話せばよかった。母がめずらしく休みをとった土曜日、映画とショッピングに付き合っていればよかった。友達とカラオケに出かける約束など断ってしまえばよかった。

私は、なにもかもに後悔せざるをえない。後悔が熱傷《ねっしょう》のような痛みを押しつけるのだ。もし母が生きていたらどうせ今日もしているであろう言い合いとか文句とかが、熱せられた焼きごてになって肌を焼きながら私を追いまわす。もし生きてるんだったら今日もなんらかの些細なことで小言を言ってるであろうのに母が死んでしまったせいですべて自分が悪かったように思う。弁当がでかいのが恥ずかしいなんてそんなこと女子高生だったら当たり前じゃん、別にいーじゃん、ふつーじゃん、まだ生きててくれるんなら私は今日も何か小言を言ってるんだ。ぜったい言ってる。だって毎日言ってたもん。母が昔から左耳だけが少し遠くてたまに「えー?」と聞き返すのを私はそれがすごくわずらわしくて「もういいよ。めんどくさい」といくども目を細くしてみせたけど、でもそれは母さんだからそうしたんだ。母さんだからそんなこと言ったんだ。「かーさんの弁当、マジはずかしーんだけど」。それを言ったのには続きがある、物語がある、流れがある。その中で言った。その中で母を責めた。弁当は大きいけどそれはみーんな私のためなんだってわかってます、本当はすべて感謝してます、そういう続きがある。それをいつか素直に言えるはずの未来がある。私は思春期特有の自意識から手のひらサイズのかわいらしい弁当箱を持っていきたかったのだけれどそうすれば午前中の休み時間の早弁でみんな平らげてしまうから母は「思春期になると胃が牛みたいに四つになるんだからいくら食べても足りないのよ」と言って大きな弁当を持たせてくれて朝食もおかずを七品くらい出してくれた。どんなに母に迷惑をかけようが、どんなに母を困らせようが、その頃の私にはそういったことを懐かしく思い出すであろう未来があった。あらためて母に礼ができるであろう未来があった。いずれ孝行するはずの未来があった。結婚式では一般的な女の子がするように白いハンカチを赤い目に当てながら母の毎日のお弁当のこと、母の毎日の苦労のことを話したはずだった。しかし未来は流れていき現在だけが孤島みたいにポンと浮かんで常に私の視界に入って皮膚を抓《つね》りあげてくる。ひざや胸をバシバシ叩いてくる。

私はおばさんが夕食で出してくれた梅干しひとつに指が震え発狂しそうになり、あ、来た、と思ってももうすでに遅く、ああの時母さんを殴ってでも連れて逃げればこんなことにはならなかったんだ、私さえ駆けつけていればどうにでもなったことだった、私さえそばにいればあの人は自分の子をまず避難させなければならないと思って一緒に高台へ走ったはずだった、私さえそうしていれば、私さえ！　私はあの時、高台にのぼって放心したような、あれは自分が助かったことへの安堵だったんだ、そうだ間違いなく私は私の命のことを優先したんだ、私は自分のことで精一杯で、のまれていく町並みを見ていた。よくもあれを、あんなものをぼうっと見ていられた。私は弟を背負って人波をかきわけて必死に走ってそこへ辿り着いた。みるみる押し寄せてくるその波から逃れられさえすれば後はもうどうなってもいいと思った。思ったんだ。この苦痛から逃れられれば後はもうどうなってもいい、なるようになれ、ただただ助かればいい。そう思った。高台へ間に合うことだけを考え、それだけを祈った。祈りに祈った。だからそれが叶えられた。それだけが叶えられた。私は自分のことだけを考え、祈って、逃げた。私はあまりにも子どもでこんなふうに信じていたのだ。自分の母親は人のために尽くして生きている人なのだからもしも何か不吉な出来事が起こったとしてもあの人だけは犠牲にならずに助かる。そんなことを馬鹿みたいに信じていたのだ。大まじめに信じていたのだ。水で死ぬというのがどれくらい苦しいことだろうかとは考えなかった。一瞬でも頭をよぎらなかった。溺れ死ぬということがどれくらい怖いことだろうかなどこれっぽっちも考えなかった。一瞬でも想像しなかった。あのとき母は、どれくらいの強い気持ちで、私たちのことを祈っていただろう。どれくらいの強い気持ちで今すぐに子どもたちのところへ駆けつけてやりたいと思っていただろう。あの瞬間どれくらい強い気持ちで私たちの安否を確認したかっただろう。あの人はそれでも自分が仕事で預かっている命を放り出すわけにもいかず、放り出すわけにもいかなかったからあの場所で死んだ。私が、私さえ、仕事なんかクソくらえだと怒鳴りこんで母を背中に縛りつけて逃げていたらこんなことにはならなかった。私が母から未来のすべてを奪った。弟と私が成長していくのをそばで見守りながら老後をむかえる権利も楽しみもなにもかもを奪った。だから私はもう二度と、もう一生、母に会うことはできない。もう一生あの人に会えないということがいったいどういうことなのか日が経つにつれてわかっていく。まるで蟻地獄にじわじわとはまり込んでいくかのようにわかっていく。わかっていく、わかっていく。こんな生活、こんな蟻地獄のクソったれな生活にしかも私は弟を連れ込んだ。私が弟から母親を奪った。母親の隣で寝る権利も、まだまだ母親に甘えてわがままを言う権利も、いずれ思春期になって母親に胸の内を隠したり時に背を向けて母親を遠ざける権利も、年を取った母親を温泉旅行に連れていく権利も、なにもかもを――カタン！　という音がして私は我に返った。ヒロノリが醤油瓶を倒し、慌ただしくおばさんが布巾《ふきん》を取りに台所に立ったところだった。私の箸から梅干しが白米の上に落ちていることに気がついた。私はそれからようやく、母の好物だった梅干しをひとつ、口に運び終える。

そうしてまた違う日には削りたてのかつお節が温かいお好み焼きの上でひらひらと美しく踊っているところへ優しいおばさんがオタフクソースをたらりとかけてくれるのを見ながら、鼻と口のどっちで息をしていいかわからなくなる。母にこのソースを買ってきてと頼まれて私はそのお金でゲームセンターに行ったことがあった。昔のことだ。おばさんが、私とヒロノリの目の前でにこにこしながらソースをかけ終えて、いい香りよねえと言った。そのとき、あ、来た、と思った。思ったけどもうすでに遅く、今度は実行不可能な提案を十個でも二十個でもつくらざるをえなくなる。母は私に、後悔しない毎日を送りなさい、あなたはしっかり生きて母さんのぶんも幸せになりなさいと言うだろう。しかし母こそが生きたかったんだ、母はほんとうは死にたくなどなかったんだ、母が一番未来を楽しみにしていたんだ、あの人が一番家族の将来のために努力してきたんだ、こんなことになるくらいならば私が死んだほうがよっぽどましだった、息もできぬほど苦しいのだからいっそ誰か今すぐ私を殺してくれればいい、誰かこの胸をひとつきしてくれればいい、それでせめて母の代わりになれないだろうか、自分が代わりになって母の無念をなんとかしてやれないだろうか――サナエ？　とおばさんに名前を呼ばれてびっくりして顔をあげた。

「どう？　おいしい？　ちょっと固かったかしら」

私は急いで首をふって口の中にあるものを咀嚼《そしゃく》しはじめた。オタフクソースの甘い香りがいっぱいに広がった。おばさんは自分は食べずに私たちの顔を面白そうに交互に見ながら、もう次のお好み焼きを焼いていた。

とにかく、一度捕まったら最後なのだ。あまりにも沢山ありすぎるもしも、に足を取られて身動きがとれなくなる。だからそれが襲撃《しゅうげき》してくる隙を与えないよう、小石が目につかぬよう生活を送ろうとするのだが、どうでもいいことの中にそれはちょこんと落ちている。くだらない些細《ささい》なものの上にそれはちょこんとのっかっている。憎たらしいほど澄ました顔をして日常の取るに足らない物事の中に置いてある。おばさんの洋服簞笥《だんす》の匂いの中に。朝食でぬるブルーベリーのジャムの中に。おばさんの化粧道具の紫色のアイシャドー

(私が母の持ち物のなかで最も毛嫌いしていた）の中に。おばさんの作ってくれる肉じゃがの甘ったるい味つけの中に。きらきら光る佃煮《つくだに》の中に。ちょっと鼻にかかったおばさんの優しい声の中に。母に似てるおばさんの横顔に。それらはこたつの上のみかんのように、当たり前の顔をしてそこに置いてあるのである。あ、と思うまもなくそれは弾丸のように暴れまくる。あ、と思ってあわてて足裏で踏みつけようとしてももう遅いのである。掴みだそうと胸を掻きむしってももうどうしようもないのである。

私はそういうとき何度も何度も例のものが恋しくなった。

私の美しい顔である。

あの美しい顔が、まだどこかにあるのではないかと思って落ち着かなくなる。鏡に映る私や、同級生の男の子の瞳に映る私、後輩の眼差しの先にいる私に、あの美しい顔を探したくなる。

だが、そういうとき、私はいつでも、あの奥さんの教師よりも怖い鬼のような顔を思い出す。あの人が私に、自分で自分の面倒を見るように言った時の顔を思い出す。私は赤の他人に、あんなに厳しくてあんなに優しい目を向けられたことはなかった。

それから私は外の世界に別れを告げて、私の中の一番深いところにそっと静かに降りていく。私の中の透明な檻の中に閉じ籠もって内側から鍵をかけ、母を恋しく思うことを私に許す。苦しみに転げ回り、悲しみに明け暮れることを私に許す。そういう時、おばさんは私をむりやり部屋から出てこさせようとしないし食事をとらせようともしなかった。元気を出させようと外に連れだそうともしないし学校に行かせようともしなかった。ただじっと、私が私の中から出てくるのを待っていた。春になるとひょっこり地上に出てくる虫を待つように私を待っていた。

休日に弟を連れて浜辺にでた。

バスで四十五分のところにある遠浅《とおあさ》の海岸だ。もうじきここは海水浴客で賑《にぎ》わうという。

沼津の海は静かだった。あれからずっと避けてきた浜辺は卑怯《ひきょう》なほど静かで、穏やかで、優しかった。

ヒロノリはつま先で砂をいじりながら私の後ろをついてきていた。帰り道にアイスクリームを買ってやる約束である。

「ねえちゃんさ」

言って両サイドのポケットに指をつっこんだまま私は後ろ歩きになった。少年のように私は歩いた。ポケットには指が二本しか入らなかった。おばさんが買ってくれた白いワンピースだった。裾《すそ》がひらりと広がるタイプだ。正直にいって私はこういうものをあんまり好きではなかった。けれどもある時おばさんが、サナエ、ちょっと来てよと言ってすごく嬉しそうに広告を見せてきたとき、おばさんは私にこういうものを着せたいのだなと思った。広告のど真ん中にこのワンピースは載っていて、おばさんといっしょに駅前のデパートに買いにいった。私はこのワンピースを週四で着ている。

「ねえちゃんさ、卒業したら働くの」

と、私は言った。

「働くけど、専門学校ってとこにも行くの」

「へ?」とヒロノリが顔をあげたのでもう一度繰り返して言った。

「せんもんがっこう」

——行かせてあげられるだけのお金はあるんだからサナエは大学に行っておきなさい。そうすればあなたがやりたいことができたときにその道に進めるんだから。

母はそう口癖のように言っていた。

だけど母さん――

私はいくども心の中で呼びかけてきた。母さん。悪いんだけど、やっぱ、大学じゃなくて専門に行きたい。そうさせてほしいの。私、やっぱり、福祉の仕事やりたいわ。災害とかにあった人が看護とか福祉に興味もつってすごいありきたりって感じだけどさ、私、自分がありきたりでいいって思えたんだよね。

海面が銀色に光っていた。海面は一時も静止せず、あらゆるものを排除する残酷さとあらゆるものを受け入れる寛容《かんよう》さでとどまることがない。

「ねえちゃんね、母さんの言いつけやぶって、そこへ行くの」

ヒロノリがその言葉に驚いたように声をあげた。

「言いつけを、やぶって？」

「そうよ」

「いいの？」

「いいの」

私は言った。

「ねえちゃん、今、反抗期だから」

きらきら光る波に向かって私は躍るようにスキップした。砂の上をスキップするのは簡単ではなく、ぶかっこうにならないよう足に力を入れた。

ヒロノリはしばらくじっと私を見ていたようだったが、急に大きな声で、まるで叫ぶみたいに「へえ！」と言って、それから子犬のように走りだして私を追い抜いた。

そしてどこからか流木を拾ってまた戻ってきた。やわらかな曲線をもつ角の取れた美しい流木だった。ヒロノリはそれを投げたり引きずったりしながら、また私の後ろをついてきた。私は弟のことを、将来いい男になるだろうと、姉の欲目ではなく思った。

海は一枚の楽器のようにしゃらしゃらと鳴り続けていた。

「きっと母さんさ」

潮の匂いを深く吸い込んだ。

「今ごろ、父さんや、ばあちゃんや、じいちゃんと一緒にいるよ。母さんの大好きな人たちと一緒にいるよ」

後ろの動きが止まった気がして振り向くとヒロノリは流木で砂に線を書くのを止めていた。

「ぼくは大好きな人じゃないの」

私は弟に向かって目を細め、わざとらしく、はあと溜息《ためいき》を吐いてみせた。ばかだね、と私は言った。

「あんたのことが一番好きだったの。母ちゃんねえ、一番好きなあんたと、もう一緒にはいられないから、そのかわりに父さんやばあちゃんやじいちゃんに会えるの」

「そうなの」

「そういうふうになってんの。そういうシステム」

ヒロノリは黙り込んで私の口元を見つめていた。

私はひょいっと彼の手から流木を取りあげた。流木の先をにぎって砂にさし、腕をいっぱいに伸ばして流木を軸《じく》にぐるぐると回った。「ねえちゃんは、けっこういいシステムだと思うけど！」ひどく目が回るのもスカートが激しくめくれるのも構わず私は回りつづけた。びゅんと一周するごとに一瞬ヒロノリの顔が視界を過ぎる。

ヒロノリはまっすぐに立ってしばらく回る姉を見ていたが、突然「うん」と大きな声を弾ませた。

私はニカッと笑って回るのをやめた。

「私たちだっていつかは母さんに会えるわけだけど、まあそれまではさ、ねえちゃんが毎日毎日いやと言うほど一緒にいてあげるんだから」

「毎日ずっと?」

「そうだよ。いやと言うほどね」

「いやなんて言わないよ」

「言うんだよ。もうねえちゃんと風呂入るのいやだとか、ねえちゃんうるさいとか言いはじめるようになる」

「言わないよ」

「言うんだよ。弁当がまずいとか制服にアイロンがかかってないとか三者面談にはもうこなくていいとか勝手に部屋に入ってくるなとか。言うんだよ。そんで、もし母ちゃんが生きてればどうだったこうだったって千回くらい言うんだよ」

「言わないよ」

私はくすくす笑って流木を彼の手に返した。

私は——と思う。

これから、いくどもいくども日常との戦いに敗れ、敗れて敗れて、もうこれ以上負ければ駄目だと思いながらも負け続け、しかしやはり負け続ける以外に生きていく術《すべ》がなく、それに気がついては絶望するのだろう。そしてああの人さえ生きていればと何度も思うのだろう。もしもあの人さえ生きていれば。そう一万回くらいは思うのだろう。そして、結局自分は成長できはしない、あの日のまま時間が止まってしまったんだと泣き、悪態をつき、蹴《け》散《ち》らして、数え切れないほど自分を卑《いや》しみ、途方に暮れるのだと思う。そうしながらいくども三月十一日を迎え、そうしているうちに母の年齢に近づいたり追い越したりするのだろう。

私はそんなことを思いながら、どこからか流れ着いたのであろう錆《さ》びついたトタンの破片のようなものが浜に打ちあげられているのを眺めていた。

「スタートラインだよ！」

波打ち際で砂浜に太い線を引いていたヒロノリが手招きした。こっちに来てここに立てというので私はその線の前へいって立ってやった。

「ずるはだめだからね」

ヒロノリはもう前のめりになって構《かま》えている。

気がつけば彼は裸足になっている。

「その足は誰がふくんですか」

ヒロノリはもう走り出したくてしかたがないらしい。彼は去年の運動会のリレーでアンカーをつとめた。母がビデオカメラを構え、私が立ちあがって声援を送るなか、彼は一等でゴールテープを切った。

「オッケー」

私も線の前に立ち、ひざを曲げて構えてみせた。

「かけっこで、ねえちゃんに勝てると思ってるの」

弟はそれには答えず、フライングもだめだからね、と言った。

「しょうちしました」

「手かげんしたら、ぼく、おこるよ」

「しょうちしました」

「よーい、」

それからヒロノリは女の子みたいな高い声をあげて、ドン、と叫んだ。彼はその前に、もう走りだしていた。

東日本大震災で亡くなられた方々のご冥福をお祈りするとともに、今なお苦しみと悲しみの中にある被災された方々が一日も早く安らかな日々を迎えられますよう、心からお祈り申し上げます。

本作の執筆に当たり、石井光太氏著『遺体　震災、津波の果てに』（新潮社）、金菱清氏編　東北学院大学　震災の記録プロジェクト『3・11 慟哭の記録　71人が体感した大津波・原発・巨大地震』（新曜社）に多大な示唆を与えられました。自身の目で現地を見届け、被災された方々に時間をかけて寄り添い書かれたこの二冊がなければ、被災地を訪れたことのない私が本作を執筆することはできませんでした。ここに記して謝意を表します。

本作は第六十一回群像新人文学賞受賞作として文芸誌「群像」二〇一八年六月号に掲載されました。掲載時、参考文献未掲載とその文献の扱い方という二点において配慮が足りず、多くの方々に不快な思いをさせてしまいました。参考文献の扱いについて熟慮し、単行本化に際して自身の表現として本作を改稿いたしました。

参考文献の編著者および関係者の方々には多大なご迷惑をおかけしてしまいましたことを改めてお詫び申し上げます。

著者

主要参考文献

『遺体　震災、津波の果てに』石井光太（新潮社）
『3・11 慟哭の記録　71人が体感した大津波・原発・巨大地震』
金菱清編　東北学院大学　震災の記録プロジェクト（新曜社）
『メディアが震えた　テレビ・ラジオと東日本大震災』
丹羽美之・藤田真文編（東京大学出版会）
『ふたたび、ここから　東日本大震災・石巻の人たちの50日間』池上正樹（ポプラ社）
「文藝春秋」平成二十三年八月臨時増刊号『つなみ　被災地のこども80人の作文集』
（企画・取材・構成　森健／文藝春秋）

装幀　鈴木成一デザイン室
装画　藤井俊治「快楽の薄膜」
撮影　上野則宏
第一生命保険株式会社蔵

北条裕子（ほうじょう・ゆうこ）
一九八五年、山梨県生まれ。青山学院大学卒業。二〇一八年、本作で第六十一回群像新人文学賞を受賞。

美《うつく》しい顔《かお》

二〇一九年四月一七日　第一刷発行

著者――北条裕子《ほうじょうゆうこ》

発行者――渡瀬昌彦
発行所――株式会社講談社
東京都文京区音羽二―一二―二一
郵便番号　一一二―八〇〇一
電話　出版　〇三―五三九五―三五〇四
販売　〇三―五三九五―五八一七
業務　〇三―五三九五―三六一五
印刷所――凸版印刷株式会社
製本所――株式会社若林製本工場

ISBN978-4-06-515019-1